人面桃花

王丹散文集

王丹

目錄

人面桃花

二月下旬的洛杉磯，進入雨季。

一個風雨飄搖的下午，突然看見院子裡似乎已經枯敗的桃樹苗上，星星點點地綻放了一樹的桃花，在雨中奇蹟一般鮮豔。霍然發現，春天，已經不知不覺地在雨季降臨。然後就想起唐朝詩人崔護的名句：「去年今日此門中，人面桃花相映紅。人面不知何處去？桃花依舊笑春風。」然後，就只有默然。

記得曾經寫過一首詩，說是愛人離去，留下曾經穿過的拖鞋。半夜失眠，起來穿上那雙拖鞋在夜色中遊走，云云。我發誓，寫這首詩的時候，完全是自己的臆想編造，只是為了一種莫名的情緒。然而現在才發現，原來竟一語成讖。現在，那雙拖鞋就擺放在客廳的一角，而我，一直因此而不敢穿上。

曾經有過的歲月，有的時候在記憶中會呈現出異樣的美麗。哪怕是慘敗的一方，也會為之目眩神迷。看著那一樹桃花，就像看到某類的絕望。當我們刻骨銘心地試圖挽回什麼的時候，那種不計後果的執著，就帶著這樣的絕望的標簽寫進了自己的日誌。我們的生活就是如此一筆一畫，眉目清晰，想抹去哪一個細節都不可能。

桃樹的生命一如編寫好的劇本，一切都是如此的戲劇性。栽種下它的時候，生活像青衣覆蓋下的天空，朦朧而幻化，充滿規劃，視野遼闊。我想我連開車都會比以往小心，因為肩頭上承載的已經不僅僅是屬於自己的生命。然後進入呵護的階段，澆水，施肥，每天在心靈的呼喚下開始一天的時間。那時候想像種植就是這樣的事情，我們細心打理，小心應對，哪怕心下也黯然看到，光滑中蘊含了許多皺褶，但還是相信軌跡會在顛簸中呈現出一條直線，從此一直向前。我沒有試圖看清遠方的輪廓，自忖著當下就是一種理想，成長的過程就是這樣：很多的光明，模糊的前途。然後就開始看到樹葉的脫落。那本來不是落葉的季節，因此我手忙腳亂，無所適從。不知道事發的根源，是要怎樣才能度過眼前的慌張？看著百孔千瘡的葉子逐漸凋零，我才體會到天人合一的境界。原來，我們也是可以跟植物一起衰老的。只是植物衰老的是枝幹，我們衰老的是心。

所以就離開。但是知道這只是暫時的逃避，因為畢竟，還是要回來。所以我回來了，在同樣的一個雨季。所有塵封已久的東西，如同泡沫啤酒開瓶的瞬間，汪洋恣肆地噴發出來。手忙腳亂地收拾心情的同時，窗外的桃花已經盛開。

我試圖想像崔護寫下那首詩的心情，試圖砌起一道自圓其說的圍牆。加州的陽光掩蓋了很多的痕跡，我們瞇起眼來，彷彿身處安全的壕溝。然而雨季來了，陽光遠去，那一樹的桃花格外顯眼，想迴避都不可能。我們能怎麼辦呢？我們只有面對，看桃花將如何笑對春風。

日出之前

凌晨五點，逶迤的山路上燈光稀落而昏暗，漆黑的夜色漫山遍野。開車的司機彷彿完全無視黑暗的存在，一邊熟練地轉動方向盤，一邊有一搭無一搭地說著早起的辛苦，賺錢的艱難。一車就只有我和三位香港來的女生。既是為了禮貌，也是怕他因為倦怠而睡著，我們也隨他口跟他應和著。一行人往合歡山頂而去，看日出。

想不起上一次這樣熱血地凌晨三點半就起床看日出是什麼時候了，那應當是歲月的痕跡已經淡到不可辨認的一段過去吧，激情和歡欣交織在一起的年紀，每一次打破常規的安排都那麼神秘和熠熠生光。前不久在微信上跟大學同班同學群組聊天，大家那種幾乎是莫名其妙的熱烈和七嘴八舌不就是內心的寫照嗎？回首過去，那根本就是看日出的年齡嘛。那時候怎麼可能是自己一個人來看日出呢？年輕人是群體夜行的動物。

而現在呢？車內雖然開了暖氣，但是寒意還是無孔不入地滲透進來。我雙手插在衣服中，盯著窗外的黑夜，其實什麼也看不到。那三位香港遊客用粵語嘰嘰喳喳地討論著什麼，時不時還有「咯咯」的笑聲，跟司機的絮叨混雜在一起，讓我有點理不清思路。現在看日出是為了什麼呢？其實也說不上來。一種情緒吧，或許也是調整一下生活的節奏，我們在習慣的步調中太久，連目光都會荒蕪。太有規律的生活就像一排排方格子，我們很清楚什麼東西在哪個格子裡，人就這樣懶散了。

我住的民宿客滿，但是登記看日出的只有我一個人，這讓我有點驚訝，也有點欣慰，這樣就不用在等車的時候還要客套地聊天，說一些「好冷啊」，「天真黑」之類的廢話。導遊安排我三點四十五在路口等車，但是車到了的時間已經是將近四點半，深夜的山路上，我來回踱步，不知道從哪裡跳出來的一隻灰色野貓，竟然亦步亦趨地跟著我走——拜託你誰啊？我不認識你好嗎？我抬頭，於是被震撼了，遙遠的那裡竟然是滿天的星斗，明亮而淒清，地上的萬物都在黑暗中的時候，這樣的光度對比，大概就是神話的來源吧，你很難不去想像星光裡藏著很多我們好奇的對象。如果不是車到了，我可能會一直仰望著天空。車門關上，那隻流浪貓哀怨地叫了一聲，消失在草叢裡。

據說我們要去的地方，是海拔三千五百多米的合歡山。車子一路嘶吼著盤旋在公路上，對面完全沒有車，司機繼續跟我們說話，現在是講到了他上國小的兒子。然後，光明來得無聲無息，令人猝不及防。先是遠遠的天邊黑色略微被沖淡，呈現出深藍的輪廓；然後，輪廓慢慢擴大，濡染的墨跡一般托出蛋青的底色。雖然其實只是極為細微的顏色變化，但是那種籠罩四野的氣勢已經令群山改變了容顏。山谷悄悄地浮現出來了，我還隱約看到遠山含黛的剪影，因為模糊而動人心弦。路旁的松樹彷彿士兵，悄悄地逐一現身。

從黑夜到黎明，幾乎是一瞬間。很快，就會看到日出了。（二〇一三年十月八日）

宛如夢境

也許是我多心了，但是我真的覺得好萊塢的人被川普刺激到了。現在的奧斯卡獎更加重視政治正確的部分，作為對川普的反抗。雖然有夠格的美學包裝，但是理念已經成為影評人的關注焦點。在這種情況下，《以你的名字呼喚我》雖然呼聲很高，但是僅僅得到一個最佳劇本改編獎，這實在讓我有點失望。我支持好萊塢對川普的反擊，但是我也希望好的電影仍舊能夠得到應有的榮譽。而《以你的名字呼喚我》一直是我心目中的最佳電影。

這部改編自美國作家安德列．艾席蒙（André Aciman）二〇〇七年同名原著小說的電影，走的完全是唯美路線，這在今天的電影世界已經不多見了，而正是因為如此，才更加彌足珍貴。我們看電影，除了受到心靈震撼之外，難道不是也希望得到美的浸潤嗎？況且，唯美也可以非常震撼人心，《以你的名字呼喚我》就是典型的例子。

電影的情節夢境一般的鬆散，背景也夢一般似有若無：一九八三年的夏天，義大利北部鄉間小鎮，十七歲的艾里歐（Elio），二十四歲的奧利佛（Oliver），短短六週的感情昇華，一生難忘的一段愛情，南歐的風情通過音樂中盡情展現。這一切都是在夢境一般的環境中鋪陳開來的。那種慵懶的夢幻的情節發展，在抒情的音樂中緩緩綻開的心靈悸動，都細膩到可以揉碎攤開在手掌中觀看的程度，這樣的細膩，正是義大利名導演盧卡．格達戈尼諾（Luka Guadagnino）的風格。各種若即若離的試探，淡淡地渲染開來的真情，無法抗拒的分離帶來的痛苦，以及最後那個意料之中並因此而更加震撼的結局。所有刻畫內心的種種動作，語言和表情，經由演員出神入化的演繹，變成了一首詩。整個電影就是一首詩的節奏，這個節奏在夢中連綿不絕。

在這個夢境中，每個角色又都那麼真切。這就像逐漸從朦朧的背景中浮現出來的雕像，氣氛和人物完全融為一體。我本來覺得，主角提摩西・柴勒梅（Timothée Chalamet）應當贏得奧斯卡最佳男演員小金人的，因為他的表演是那麼的傑出，讓人看到一顆新星的冉冉升起。最後那幾分鐘的哭泣，可以說是達到了演技和整個故事的高潮。

「以你的名字呼喚我」，這不僅是Elio和Oliver之間愛的密碼，也是這個夢幻故事最大的亮點，所謂浪漫，在這樣的小小的遊戲中展現得淋漓盡致，矜持含蓄又熱情奔放。電影中並沒有太多關於性愛的直接描寫，但是點到為止的功力，在梨的暗喻中盡情地發揮。因此正如很多人所說，這部電影的表面是寫同志之間的愛情，但是它之所以打動人，就在於其意境，意境超越了性別的框架。而另一個亮點，就是父子談話那最令人感動的一幕中，父親的那一席話：「you had a beautiful friendship, maybe more than a friendship... if there is pain, nurse it, and if there is a flame, don’t snuff it out, don’t be brutal with it.」（你曾經擁有美好的友情，也許比友情更多……如果它讓你痛苦，好好體味它；

而如果那是火，不要熄滅，要溫柔擁有。）這番飽含了記憶，美好，痛楚和憐惜的話，讓我覺得，應當配Leonard Cohen的音樂，才更能讓人怦然心動。

最後，《以你的名字呼喚我》是在淚水和痛苦中結束的。但是在冬天和壁爐的火焰襯托下，淚水和痛苦竟然是如此的美麗，Elio的臉龐因為痛苦而顯得如此聖潔，正是這種聖潔猶如夢幻，讓我們屏住了呼吸。我只能說，這是只有藝術才能帶給我們的人生體驗。（二〇一八年三月六日）

放下的美好

二〇一三年十二月三十日，是香港歌手梅艷芳去世十週年的日子。十年前，在她的告別演唱會上，最後一曲，她唱的是〈夕陽之光〉。唱之前，她目含淚光，講了一番話。她說，她真的很想有穿婚紗的一天，但是她知道已經不可能了。她說：「人生呢，就是這樣。有些你預料到的東西，你以為擁有的東西，偏偏沒有擁有。」講完後，她向大家揮手，大聲地道別。這場演唱會後沒有多久，梅艷芳芳就真的用生命的結束，向我們做了最令人心碎的告別。

「人生呢，就是這樣。有些你預料到的東西，你以為擁有的東西，偏偏沒有擁有。」這，就是梅艷芳芳對於人生，最後的喟嘆。如果你去YouTube上看梅艷芳芳最後向大家告別的一幕，你就會知道，她，已經想開了；她，已經放下了。所以她才能面對世界，把所有的感悟大聲說出來，然後，跟我們永別。那樣的瀟灑，就是所謂的境界。這是她最後教給我們的東西：放下。

放下，是很難的事情。如果你從來沒有機會得到，那就不會因為放下而痛苦，然而，一旦得到，甚或是曾經以為能夠得到，放下，就變成了人生中最艱難的選擇。它的艱難在於：

放下，需要更刻骨銘心的愛。通常，我們擁有是因為愛，因為愛，我們才去追求。但是當愛成為負擔，當擁有已經慢慢淡化成煙霧，當執著最後壓垮了曾經有過的溫暖的時候，放下就成為一種逆向的選擇，這種選擇更需要勇氣。而勇氣的背後，如果不是愛在支撐，就不可能持久。世界上有很多這樣的愛，例如家屬簽字，讓被病痛折磨的親人減少一點痛苦地離開；挽救生命是愛，但是放棄生命就成為了更大的愛。

放下，需要更美的背影。梅豔芳就曾經給過我們這樣的背影。面對人生的缺憾，梅姑的內心是酸楚的，但是她沒有把內心的酸楚變為一臉的哀怨。在告別的時刻，她選擇勇敢地把缺憾說出來，說出來就成為一個清晰的存在，一個可以與她愛的人分享的現實。這樣的勇氣，本身已經是綻放的梅花一樣美麗。然後，她用歌聲面對缺憾，不閃避，不自欺欺人，也不為此放棄其他的東西。她選擇與她的歌迷們分享自己的放下，終場時華麗轉身，真正地放下。如果我們嘴裡說放下，但是糾結，掙扎，怨恨，消沉；這樣，就不是真正的放下。

放下，也需要更大的內心。曾經擁有的東西雖然放下，但是並不會消失，我們只不過是在自己的內心深處另闢一個安靜的空間，把它安置在那裡，永久保存。所謂放下，並不是拋棄，而是不再提起。如果我們的佔有的欲望就是生命的全部，看不到更大的世界，一旦放棄，就是生命的崩塌。我們必須找到其它的空間：歌聲，閱讀，行走，或者是新的方向。我們應當讓放下成為一個起點，而不是終點。這就需要我們把自己的內心放大，看到更遠的風景，看到更多的事物，看到時間的長度。

如果，我們能以更深的愛，更美的背影，更大的內心去放下。放下，就是一種美好。（二〇一三年十二月三十一日）

五種顏色

紅

喜慶的表現，代表激烈，活躍，大開大合的氣勢，江山與宮殿，旗幟與政治。但是同時，也是慘烈的象徵，血跡，殘暴，歷史的背影往往會被夕陽反襯出這樣的顏色。結合在一起，紅色的隱喻不言而喻：那些光輝燦爛的功勳，那些鋪天蓋地的業績，那些帝國大典上的鑼鼓喧天，那些表面上的進步與趾高氣揚，背後其實也有很多的暗淡的結疤的陳年的散發著腐敗氣息的紅色傷口。喜慶的背後是悲傷，慶典的背後是紅色的河流，漂滿沒有人的船隻。鑼鼓的聲音裡一片死寂。

黃

這種顏色，跟紅色一樣，雌雄一體，充滿了相輔相成的矛盾和對比。黃色是帝王之家的代表，尊嚴，端莊，方形的世界圖景，令人五體投地。黃色也是宇宙的顏色，籠罩一切，玄虛深邃，從內心的道德戒律到萬物被賦予的真理，氣息凜然。有趣的是，到了後世，黃色成了另一種指涉，最低下的欲望，淫邪與卑劣，肉體毫不掩飾的服務功能，金錢與性的快樂王國，十字架的征伐對象，莫名其妙地成為了教育者的人所進行的教育的主要負面例證。黃色，既是道德，也是墮落。還是說，有些道德，其實就是墮落？

藍

雙魚座的畫面的底色，這是浪漫，期待和具有無比魅力的想像，這是希望的路標。在紅色中疲憊之後，看穿了黃色之後，只有藍色是奔跑的笑顏，帶我們看向遠方，讓我們回到自己，回到守住心跳聲音的年齡，寫下童話一般的文字。是的藍色是溫暖的顏色，但是同時，也是寒冷的顏色。因為它也是憂傷，是沉鬱的旋律，是失望甚至絕望。在這樣的顏色中間，我們無精打采，四顧茫然，好像所有的戰役都已經結束，可是我們竟然不知道戰場在哪裡。藍色的世界裡，失望與希望本來就是交織在一起，失望就是希望，希望就是失望。

黑

夜到最深處，熄滅所有燈光，瀰漫的壓抑，沒有任何可以對比的可視對象。黑色的功能就是帶來恐懼，因為我們看不到可以恐懼的具體的物象，所以不斷地想像是什麼會那麼恐怖。黑色，因為一無所有，而誘使我們自我壓迫，我們因為什麼都看不到，而什麼都無法信任。但是，如果我們能找到一個位置，背靠堅實的可以觸摸的牆壁，兩手撐住左右的門框，漆黑的深處也就是最安全的所在。我們可以沉浸進黑暗中，屏住呼吸，等待黎明的到來。在恐懼中尋找安全，就看你是否能在黑暗中找到一個位置。

白

然後黎明終將來到，一切景物逐漸清晰，從黑，我們走到了白。沒有污染，沒有瑕疵，最純淨的白色像牛乳一樣溫潤，緩緩包裹全身和呼吸，也像一杯水，沒有雜質，不被打擾，清靜幽雅。這是和平的顏色，但是這也是死亡的顏色。葬禮上的紙製的花朵，素淨的靈堂，人都是因為一切都不存在了才會如此平靜安詳。生命本來是充滿紅，黃，藍，黑等等各種顏色的，顏色的變幻，歷史的弔詭，故事的複雜，才是生命的意義。那也許不夠白，不夠一塵不染，但是那就是生命。最終，所有的顏色淡去，只剩下白茫茫一片，純潔了，也不再是生命了。（二〇一四年三月四日）

那些我們守護的

這個世界上，總是有一些東西是我們必須守護的：也許是一些社會賴以正常運作的秩序，規則和價值，也許是一些私人性的，深深在意的記憶；更或許，也可能只是一些毫無事實依據的，某些直覺一般的觸動和圖騰，例如當我們離開家園準備遠行的時候，牆壁上那些我們曾經從童年開始就反覆撫摸的陽光；或者是一條山徑，有時候我們會不斷地路過，一遍一遍，沒有厭倦，當作是一種守護。

還有一些要守護的，就是我們的夢境裡面的故事，那些形狀，奇怪的影子，那些輕輕晃動的窗子和下雨後空氣中潮濕的味道。在規規矩矩的都市棋盤中，我們應該守護風，守護當風吹過的時候所展開的山影一般的翅膀；我們應當守護遠方的船，尤其是船上那些半落的風帆，它們像一顆顆紫色的星星，對著同一個方向默禱。

是的這些就是當有些人離開之後，我一直在守護的那些東西，那些讓目光可以為之奔跑起來的東西，那些在鐵路旁的小村落裡覆蓋世界的大雪和雪中房屋透出的一點燈光。我期待那樣的典禮一般的守護，所有的人都開始注視，而且沉默不語——世界比雪還安靜。所有的痕跡模糊不清，但是每個人都懂得其中的意義。我期待這樣的守護，像是緊緊地把握住清冽的空氣中那一絲溫暖，我們不鬆手，淚水形成河流。

但是也有一些是我們再怎麼堅持也無法永遠守護的，不管我們怎麼堅持，我們最終還是會發現，已經不可能再有人像夏天的時候那樣繼續以自己的方式行走了，那些我們喜歡的栽滿巨大芭蕉樹的城市也已經凋零。在一排書架的正面，燈光下滿滿地坐著所有的作者和他們未完成的小說。一切都清晰無比地消失了，我們自然地用無聲的語言交談，關於一座橋，關於給家中的小狗烹煮的晚餐，包括一大筐剛從田裡運來的西瓜，關於所有的那些守護不住的東西，我們交談，花了很多時間交談。那些時間，比一生都漫長。

其實一生呢，就是在不停的堅持守護，和失去我們守護的東西的交替中進行的。時間非常公允，它讓我們得到一些，就讓我們失去一些。它讓我們幸福一時，就讓我們悲傷一時。一切似乎都是有一個恆定的總量的，諷刺的是，我們是在守護新的所得，同時失去陳舊的過去。還有什麼比這樣的守護更荒謬，但是也更讓我們內心踏實的事情嗎？這樣的交替讓我們固定滑行在一個軌道上，海水在兩旁洶湧，都無法蓋住內心的波瀾起伏。

有時候我很想開列出一張長長的清單，把所有我想守護的東西都寫出來，寫在一條絲綢的橫幅上，鋪在餐桌的中央。這樣我可以在每天吃飯的時候，慢慢審視這份名單，問自己一些問題。我會在這張清單中按照反向的時間排列：從健康開始，到夢想，到風聲，到看不見盡頭的冰河，到愛情。我會一一梳理，當作一種閱讀。沒有文字，沒有圖表，甚至沒有顏色，就在黑白的線條下凝視。我會一一梳理，當作一種耕種，撒一些種子下去，等著不知道什麼時候，開出意想不到的花朵。

我們還是會盡力去守護一些有關社會的堅持，我們還是會憤怒和集體行動。然而，對我來說，守護剛才我所說的那些：風，翅膀，船，窗口，還有河水，才是一生最重要的。（二〇一六年十一月二十二日）

帶著突圍的心情走過

每個暑假，我都會給自己安排一個自己的返校行程。雖然也是為了看看那些老朋友，其實，內心更想做的，是想拉住記憶的衣襟。那些曾經打動我的，很多都是在這裡發生，有些感受，再不從形相上用心情素描一遍，鐫刻成畫面，印刻在心底，恐怕就真的一點一滴地不見了。而走在波士頓熟悉的街道上，穿梭在校園裡的各個建築之間，閉上眼睛的瞬間，一切似乎都能夠重新來過。

波士頓最美的時光還是冬天。在那樣的冬天裡，凜冽的北風迴旋在門外，溝渠中的枯枝落葉滿地凌亂飛舞，天色暗下來之後的星空，像一個不可預知的空間，幾乎是一個轉身就燈火通明地亮了起來。我們站在河邊，面對逐漸模糊的草叢小徑，似乎面對逐漸熄滅的城市的眼睛。那時的我們多麼年輕啊，年輕到有很多的話可以一直說一直說。即使偶爾有暫時的停頓，也可以聽到對方的呼吸，在風中細細地盤旋，絲絨一般地拂過手心和手背。然後，又開始新的話題。我們就像在山林中尋找洞穴的小獸，渴望一個安全的環境，或者哪怕只是那樣的安全感。

多年以後的現在，我才知道，其實，還是有很多事情，是我們不能說的，這讓我有一點點難過。我已經忘記了是為什麼和從何時起，我們漸漸學會了沉默，我們還是彼此凝視，但是是躲在鐵花雕琢的面具後面窺視，眼神游離，心亂如麻。雖然知道這是必將發生的，但還是恍如夢境。無論是多麼的不敢相信，但是到了那一刻，仍舊手足無措得一塌糊塗。那就像是一個人正在森林中舞蹈，大雨忽然就落下來，頓時淋成了落湯雞一樣。在雨中，我們變成了我，孑然的一人試探著關閉這個世界，然後重新去開啟另一個世界。那一段時間很慢很長，像白色的天空上一條簡單的直線，雖然簡單，可是不知道要延伸到哪裡去，所以令人恐慌。

好在其實也就走過了，自己都不知道是如何做到的。今天的我重新站在河邊，想想也覺得沒有什麼。當我們被困在生活的網中的時候，往往只是需要一扇門。有的時候，只是一道小小的門，就能接引進來無限的光。生活就是這麼簡單，只要你推開那扇門。還有什麼，比這個更令人驚喜的呢？沒有必要要求自己一定要堅強，很多時候我們的臉上都是淚水，只是，淚水總是會乾的，或者被時間的風吹乾，或者自己用手背擦乾，如此而已。隨著年齡增長，慢慢地我也知道了，這個世界上，其實有很多的離去與歸來，很多的關閉與重啟。各種不同的機緣與命運交叉纏綿，像會呼吸的水面一樣輕輕起伏，你與其茫然發呆地看著，不如當作是學習的過程。往往，為了能夠留下來，我們必須學習如何離開。

離開波士頓的前一晚，竟然又是一場豪雨。第二天的清晨，迷離的霧氣瀰漫在街道上，城市顯得更加擁擠。就要告別這座城市，告別母校的圖書館，餐廳，小徑和寬闊的綠地，雜亂的心情忽然間就包圍過來。真是無可奈何啊，很多時候，我們就是會被重重的往事圍困在山路上，迷失很久。那麼多的樹木，幾乎每片葉子都是一個閃光的晶體，放映出讓我們很難捨棄的片段枝節。我們能怎麼辦呢？我們當然不能就留在這裡，也不能帶走每片葉子。我們只能頻頻回首，然而最終，還是要帶著突圍的心情走過。（二〇一五年七月二十五日）

想像空間

你聽過Caetano Veloso的Cucurrucucu Paloma嗎?我建議你一定要聽聽。這是那種音樂:它就像一股繚繞的香煙,帶你的心神恍惚飄到一處你根本沒有聽說過的地方。在那裡你是熟悉的陌生人:一切都如同曾經發生過,但是你又不明所以;那些似曾相識的面孔,你一個也叫不出他們的名字。你跟著旋律轉動,頭有點暈眩,然後,你看到鄉村,看到燈火,看到小酒館,冒著熱氣的Pizza,還有街上的水氣,紛紛在眼前閃過。你確定你認識這裡,但是也許是在很久之前。你可能有點困惑,因為你也知道,這其實根本就是一個,想像空間。

但是，為什麼就這麼親切呢？彷彿曾經，在這裡，在這種音樂打開給我們看的世界裡，我們度過一生的時間。那些溫度下的圖書，那些在異國的特殊感受。我們相愛我們分手，我們痛哭我們歡笑，我們消費過我們的青春期，可是最後一切歸結到對幸福的否定。這明明是不可能的啊為什麼呢？

也許是因為，這個世界上有很多這樣的想像空間吧？這些空間都是我們用心情搭建起來的。你可以仔細梳理一下過往的那些歷程，是不是曾經也有那麼一些瞬間，有些東西如此清晰卻又無法準確說明呢？有沒有一些房屋，破舊然而緊緊抓住你的目光？有沒有某些音樂，不管你在哪裡，總是能讓你眼眶濕潤？有沒有一些記憶，儘管離開你已經那麼久遠，但是一旦想起，那些故事和那些人，就像飛機在晴朗的天空中拉出的弧線，淡泊然而蘊意深遠？有沒有一段故事，你不敢記述，但是一旦面對就無法自抑的呢？

一定是有的吧？我們的生活裡，總是會有一些主題，哪怕我們其實也不理解其內涵。那些被雨水打濕的日子，那些我們無法控制的想像空間，就是這樣的主題。這些主題任憑時間蹉跎，永遠年輕永遠近距離貼近我們。就像那天晚上。

寒流襲台的那天晚上，我戴著耳機上街散步。台北的街頭還是老樣子：熙熙攘攘的人群，步履匆匆的面孔，亂中有序的交通。我看著流水般的生活，然後就聽到那熟悉的樂曲和旋律，看見流水一般的身影和城市的痕跡。我必須承認我的脆弱，因為第一個音符跳出來的一刻，我完全時空錯亂你知道嗎？我彷彿回到那年冬天的倫敦，一個人在異鄉的那種恬適，寒冷中人與周遭的環境那種彬彬有禮的距離帶來的鬆弛，孤獨煥發出的最美麗的光暈，還有美術館前面的一點點的小清新。這已經不是現時的清晰印記可以承載的歡樂了，在想像的空間裡我們自己托起自己的面龐久久端詳。這已經不是用行動可以重新安排的秩序了，我們在想像的空間裡整理自己的儀容。

這就是我說的想像空間吧：我們因為失落而振奮，我們得不到的我們就開始建造。在這樣的空間裡，我曾經無意間在巷口的樹下發現你的足跡，我曾經在雨聲中寫下給你的詩。這一切我知道你還記得，也請你去聽Caetano Veloso的Cucurrucucu Paloma。（二〇一四年一月十四日）

取捨之間

有一年我計劃去旅行，於是訂票，飯店，旅行計劃，安頓離開的幾天家裡的事情，等等等等。一切都搞定了之後，出發的前一天晚上，突然，就意興闌珊不想去了。

當時真的很掙扎：一切都訂好了，可是又確實不想去了，如果堅持去，實在太勉強。怎麼辦呢我百般糾結了一夜。最後決定不去了！於是打電話取消各種訂票。

說也奇怪，接下來的幾天對我來說就像生命的一段美妙的歷程：完全空白的幾天，可以任意做自己喜歡的沒有計劃的事情；順從自己的心願，內心因而滿足而平靜。後來我想，這幾天裡，我得到的快樂，其實比旅行還多。

我想說的是：大多數情況下，在不影響他人的情況下，我們還是應當順從自己的內心，不要勉強自己做事情，不要顧慮外界的客觀限制。因為，沒有什麼比內心的滿足，平靜與快樂更重要的。

還有一次我答應了一個聚會的活動，是一個很熱心的朋友希望把一些素不相識的人聚在一起，讓大家都能擴展自己的朋友圈。立意良好有沒有？所以我一開始不假思索就答應了。人會後悔，就是因為經常不假思索。所以我很快就後悔了。而且，離聚會的時間越近我越後悔，那可真是悔到腸子都青了。

為什麼後悔呢？因為我其實不是一個很喜歡社交場合的人，跟一堆陌生人哈拉，裝熟，戴上各種符合外界對你的認知的面具勉力維持，實在是我覺得很累的事情。當然，人都是有社會責任的，有些這樣的活動如果確實必要，我也是只好硬著頭皮面對。可是這一次，我突然有不可克制的抗拒潮水般淹沒內心，我彷彿聽到腦子裡有一個聲音掙扎著說：「就讓我放棄一次吧。」可是我已經答應了朋友，不去就是背棄承諾，而且朋友是個好人，我可以想像他聽到這個消息會用什麼樣的失望的語氣勸我。我更可以想像，如果不去，這欠下的人情會讓我以後都不好意思再跟他聯絡。會失去一個朋友的啊這其實是非同小可的事情。

可是，我就真的，非常地，不，想，去！怎麼辦呢？

後來我就沒去。我找了一個很勉強的，連我自己都不相信的理由向朋友告罪，說我真的來不了了。一切都如我的預期：我的朋友非常失望，我也非常窘迫，我們幾乎是在電話中不歡而散，掛了電話之後我也是茫然了很久，覺得自己真的是一個「怎麼這樣！」的人。

這件事我現在想起來也是不會後悔，因為正如同上一個例子一樣，我順從了自己的內心，換來了如釋重負的輕鬆。不錯，我失去了一些：我失去了說了就要做到的美德，我失去了朋友對我的信任，失去了認識新朋友的機會；但是我也得到了一些：我得到了不去勉強自己的自由，我得以免除硬著頭皮去做一件事情帶給我的心靈傷害，我也學會了不被自己犯下的錯誤（當初答應人家）

捆綁住的人生態度。

其實，我們不可能永遠站在正確的一邊，很多時候，我們只能斷然取捨。

（二〇一三年七月十六日）

生命的旗幟

那年冬天我一個人來到海邊的小鎮，找了一間乾淨的民宿住下。也沒有什麼特別的原因。人有的時候會逃避，其實只是想休息。在各種顏色編織搭建的世界裡，即使是審美，也會有疲勞的時候，更何況通常，我們往往是在糾結的世界裡束手無策。所以很想暫時退卻到一個小小的房間裡，讓光打在白色的牆壁上。簡簡單單的，安安靜靜地。

那間民宿不大，只有四個房間，一個小小的客廳，但是卻有一條蜿蜒的走廊，連接到後院，那裡有一個花園。說是花園，但是沒有什麼花，因為季節的原因吧，只有精心佈置的盆景，低矮的松樹和一片片的青苔圍繞下的池塘。但那也是我見過的最美的花園，它在黃昏的光暈下散發出溫暖的氣息，讓我穿過的時候有被擁抱到的感覺。其實我也知道這是心理的投射：當我們被迫退向內心的時候，往往也渴望重新出發。於是，我們看見花園，猶如看見世界。或許，這就是我們旅行的動機？

有誰能體會我那時的心情呢？在燈光飄搖的房間裡，夜晚，還是如此的年輕。而我們曾經如此地堅持的，如此地曾經僵持的，如此地曾經把持的，好像都已經是很久以前的事了。就像這張坐下去咯吱作響的太師椅，有它在房間裡，是一種不言而喻的指涉：在時間設計好的迷宮裡，我們走失，尋覓，然後回到原點。走過那麼遠的路，旅途上的我們，真的需要好好休息。這就是我來這裡的原因吧？累了就坐下，畢竟夜晚，還是如此的年輕。

那次我在這家民宿住了很久的樣子，其實自己也記不得多少天了。現在想起來還有點神秘的感覺，因為我竟然似乎沒有什麼關於民宿主人的印象。入住的時候在昏暗中我接過鑰匙，之後就很少見過主人的面孔。早上散步回來早餐已經在桌上，而一整天，我自己出去在山間亂走，傍晚回來自己煮咖啡，小樓裡似乎空無一人。嚴格地說也不是那麼空寂，主人養的一隻貓一直在那裡，哲學家一般凝視著我的茫然出入，什麼也不說。

這真是極為舒適的一個冬天，讓我非常滿足的一次旅行，而旅行的意義於此也無限彰顯。晚上我啟動隨身攜帶的輕便音響，音樂的潮汐瞬間湧起。溫婉的歌聲中想起鴻鴻的詩：「有一天，你終於會想起，我們是可以相愛的，不過，那可能是多年以後了。」這讓我嘴角上揚，竟然微笑了。如果音樂和文字可以見證的話，旅途上的我們絕對不會寂寞。

那年的冬天，我的旅途暫停在海邊的這間民宿。深夜的時候我無法入睡，太多的往事蔓草一般盤踞在心裡，讓我煩亂，難過，甚至抑鬱，一直到那一天。那一天我依舊輾轉反側，於是走到陽台上想呼吸海風，於是就看見銀河橫亙在天際，滿天星斗在暗沉的宇宙閃爍亮眼的光芒，濤聲中世界的明亮貫徹天地，氣勢雷霆萬鈞，令我心悅誠服。那一次我真實體會到自然之下人的渺小。我們那些小悲傷小歡樂，其實真的很小。

歲月流逝，那個冬天過去很久很久了。但是我不會忘卻。我會永遠記得那樣的一瞬間：在漫天的星星中，我看到生命的旗幟。（二〇一四年一月七日）

窗外的城市

週六的早上到一家從未來過的星巴克喝咖啡看書，忽然，像是回到在倫敦住的那段時間常去的那家星巴克，那種坐在陌生城市的感覺竟然一模一樣。這讓我有點瞬間恍惚。想起一篇小說中的一句話：隔著保時捷的車窗看不到真正的城市。那麼，隔著星巴克的窗看得到嗎？還是，我們看到的，其實只是自己的感覺？

窗外的城市以最自然的方式呈現自己。我看過灰色黯淡的建築，巨大的招牌，招牌下臉色漠然的行人；一個少年騎單車疾速駛過，顏色鮮豔的風衣劃出弧線。我看過風吹起地上的紙片，旋轉著飛往視線外的方向，遮陽傘的邊緣簌簌發抖，季節的腳步節奏清晰。我也看到過黃昏下的街道，下班的車潮和黃色的路燈發出的光暈，細雨舒展地灑下來，天空中佈滿了一張張的網。我更看過遠處隱約的山的邊際，還有更逼近的都市燈火，閃閃爍爍，彷彿可以移動的天空。在不同的城市，我都曾經在星巴克的室內，透過窗戶看過外面的風景。

為什麼是在星巴克呢？這是個好問題。那是一種莫名的踏實吧？看過了太多的不同，我們會茫然，這個時候，一些熟悉的東西會給我們某種安全感。就像風箏，總有一條線。或者也許是出於懶惰，因為我們不想換新的口味和環境。我們更喜歡熟悉的空間，音樂，座位，熟悉的感覺。更可能，其實是面對流水一般的生活，我們下意識地要守住一些什麼，畢竟，我們的記憶是寄生在環境上的。在相同的窗內和窗外，發生過那麼多故事。我們知道其實很多事情是留不住的，於是我們總是想複製出來。複製背景音樂，哪怕演奏者已經不同。就像現在坐在這裡，在這個溫暖的冬天的早上，我還是會為了寒冷中的碎裂星辰而瞬間恍惚。

有時候會覺得挺不可思議的：一個人，可以這麼自然地融入另一個世界，雖然素不相識。但是沒關係，我們會看街道和歷史組成的城市，我們會在聲音中辨識時間的臉。

旅行中，到不同的城市，我喜歡玩味那些隱藏在小巷和舊店鋪中的故事，覺得它們都隱約刻寫在窗外的風景中。其實我知道這不是我的城市，可是這又怎樣嗎？也許正是因為了這一份陌生，我們才有了依賴感。這窗外的城市對所有人都是一扇巨大的門，踏入之前，大家都是在同一條起跑線上；踏入之後才發現，生命的樹開花結果，形態萬千，最後卻依然葉落成堆，而回過頭看，我們的城市就是種子。

我知道很多人對星巴克不爽，對他們來說，它儼然是資本主義吞噬小生產者的樣品。但是對於像我這樣曾經在好幾個不同的城市漂流居住的人來說，能夠把不同的線索串聯在一起的，也就是星巴克了：在所有的不同之中，總算還有相同的存在。沒有異鄉人體驗的人，很難感受這樣的糾結和感傷。

我們坐在星巴克裡，看窗外的城市，雖然是不同的世界，但是我們不會覺得陌生。還有什麼，比這個更重要的嗎？（二〇一三年十二月九日）

隔著玻璃的山雨

那一天我知道冬天就要來了，寒氣藉著小雨的連綿不斷隱約浮現，落葉在風中打滾。就當作是向一個季節告別吧，收拾了簡單的行裝，我去海邊的山裡。一路上潮氣從車縫中鑽進來，世界變得有點模糊，但是又那麼真切。最近報紙上在說，量子物理學家證明意識是不滅的。是這樣哦？如果真的不滅，那一定會飄蕩在什麼地方吧？需要的時候它就會回來，就像現在。

上山的路上經過河邊的老城，破舊的連體樓房，混濁的河水，雜亂的菜市場，似曾相識的感覺越來越清晰。好像是畫面上挖掉了一塊，你也不記得曾經是什麼了，但是知道它存在過。這難道不是很奇妙的事嗎？曾經發生過那麼多的事情，現在好像被洗掉了顏色，淡淡地在某個地方保留下來，而我們已經忘記了它的形狀。可是似乎隱隱約約總是知道這樣的存在，於是有一種安穩感柔軟而堅強。我們在路上埋下了一些種子，不須收穫。

小鎮依山而建，俯瞰漁港和海洋。放眼遠眺，雨水打濕的視線迷濛遼闊，濕漉漉的街道也如同蒙上了一層霧氣。我們到這裡的時候已經是黃昏了，但是我仍舊感覺到熟悉的氛圍慢慢聚攏來，親切中有一絲惴惴不安，彷彿多年以後，一切都未曾改變。不知道那座蓋在懸崖峭壁上的小木屋是否還在，是否還是酒館？還有那種散亂的星空與點點漁火，應當也還是一樣吧？具體的細節從來都不會被記住，但是我們永遠會被某些東西牽掛。時間說起來飛逝一般，但是從生命的高空俯視，在記憶的曠野裡也會顯得蜿蜒緩慢。我們覺得自己已經走了很久，駐足的片刻，還是似曾相識。

天黑前，我們落腳在前往金瓜石路上的一間民宿。對旅行者來說，這是很舒服的房間，一張木桌，一盞檯燈，寬大的床和乾淨的衛生間。雨還在下，有越來越大的趨勢，風聲也灌滿雙耳。然而室內很溫暖，一切都隔著玻璃，所以山雨和寒冷都在外面，雖然感受得十分真切。就是要這樣的一刻，才可以真正地放鬆。我關掉所有燈，讓室外昏暗的路燈拋灑一點光線進來，世界寂靜，風聲和雨聲在遙遠地方呼嘯，但是也構成當下的背景音樂。把自己浸泡在漆黑的夜色中，更感到明暗對比的力量席捲而來。這就是人生最需要的時刻，靜靜地，我們擺平自己的內心，讓它能沉潛下來，像水面上張開的陽光，逐浪而行，但隨心所欲。當我們不刻意去想的時候，所有的感受不經意間就回來了；當我們以為一切都消失了的時候，才知道一切都是那麼清晰。

天邊有一點晨光的時候我從夢中醒來，隔著玻璃的山雨不僅沒停，而且簡直是風狂雨驟。我沿著咯吱作響的木梯走到客廳，雨的聲音更加有氣勢了。然而，晨曦穿透雨簾還是一尺一寸地挪動，原木長桌，沙發，壁畫，地上的靠枕，從模糊的暗影中浮現出來。在日與夜的遞嬗中，模糊和清晰也是一樣地在更替。

我撐開傘，走出門，滿樹的花朵在寒風苦雨中綻放得星空一般。（二〇一三年十一月十九日）

一個在我生命中很重要的陌生人

人到了一定的年紀，一定會有很多回憶，其中如果有一些是如此的美好，讓人每每想起就有無限的悵惘，會感到幸福而又憂傷，這樣的一生才不是白過。我覺得我是幸運的，因為總有一些情景已經過去了很多很多年，但是現在想起來，還是那麼的美好。例如我在洛杉磯寫博士畢業論文的那幾年。

那時我一個人租住在一個高層公寓的十六樓的一個套間裡，臥室不大，洗手間更是小到不堪回首，但是那是我至今多年漂泊，曾經住過的最滿意的地方。因為我有一個相當大的客廳，更重要的是，客廳的一面是長長的落地玻璃窗。我住的Westwood市本來就地形比較高，再加上高樓層和落地玻璃，晚上把客廳的燈關掉，就可以看到幾乎半個洛杉磯的燈火，密集在城市的和散佈在山坡上的燈火。

白天泡了一天圖書館和咖啡館寫那似乎永遠也寫不完的論文，回來後什麼也不想做了。我就常常癱在椅子上，把雙腳蹺在桌子上，室內一片黑暗，但腳下的窗外，一片閃閃爍爍，撲朔迷離地把世界延伸得想像一般的長。我可以俯瞰車水馬龍，但聽不到都市的噪音。而這一切還不是最美好的，最美好的是音樂，是我幾乎每天都會在這樣的時刻聽的音樂——Leonard Cohen的專輯。足足有兩年的時間，幾乎每天都在舒適的恍惚中，啜飲著紅酒去聽的那個充滿滄桑的老男人，用他低沉的男中音吟誦的由旋律組成的詩，這個情景是我生命中最美好的回憶之一，而Leonard Cohen，就這樣成了我生命中很重要的陌生人。

就這樣在Leonard Cohen歌聲的幫助下，我終於完成了論文，拿到了文憑。我決定給自己半年的時間做一件最任性的事情，那就是搬到倫敦去住，而且什麼也不做，就是在那個城市裡閑晃。彷彿生命中真的有什麼連結，我到倫敦的第二天，就正好是Leonard Cohen全球巡迴演出的倫敦場次。在報紙上看到這個消息，我非常的絕望，因為一點也不奇怪地，門票早在半年前就賣光了。我曾經有衝動要到現場去等黃牛票，但是後來還是放棄了，畢竟我也不是那麼熱血的年齡了，而且，對我來說，聽現場固然滿足偶像崇拜的心理狀態，但是回到家中，自己一個人靜靜地配著紅酒聽他的歌，對我來說，更加美好。

一轉眼，他去世已經快半年了，我才想為他寫點懷念的文字。半年前他去世的消息傳來，我其實並沒有特別地悲傷，一方面是因為人總有離開的時候，而他已經是八十多歲的老人了；另一方面也是因為，他的歌還在，我就總覺得他的人也還在。其實，我對他本人並沒有什麼瞭解，我只是喜歡他的歌，喜歡到可以好幾年每天都聽的地步。如此，他的人還在不在，又有什麼關係呢？

這幾年來我也沒有那麼瘋狂地每天聽Leonard Cohen了，但是偶爾點開YouTube上我的清單，聽到他的〈Suzanne〉、〈Hallelujah〉，聽到〈Dance me to the End of Love〉、〈Everybody Knows〉終於就還是有點感傷。覺得一個很親近的人，就這麼不在了，心裡難免有點失落，儘管，其實他完全是一個陌生人。

Leonard Cohen跟所有的歌手都不一樣。他本質上是一個詩人，一個哲學家，一個神秘主義者。他修習禪宗，但是並不厭世；他看破紅塵，但是又有強烈的社會關懷（他有一首歌是歌詠民主的，其中還提到「天安門廣場」）。他的嗓音性感中帶有憂鬱，但是並不會令人絕望。他氣質高雅，紳士派頭十足，但是絕不會讓人感到距離。在我心中，他是完美的，一點缺點也沒有。

能夠有幸愛上這樣的歌手，是我生命中一件美好的事情。（二〇一七年四月十日）

太平洋邊的時代

靠近太平洋的一個不知名的小村莊，居然有間非常精緻溫暖的小小民宿。坐在地板上，看見春景一般的想像，以霧氣的方式在窗外凝結。明明是無邊無際的孤寂，我卻彷彿面對一個時代的縮影。看著時間的臉逐漸逼近，我沒有空間可以退縮，背後是雪白的牆壁，是海，和那些背影依稀的人。

每一次從喧囂中回來，都是一次掙扎，因為知道還是會離開。這讓我想起年輕的時候，即使傷心，還帶有笑容；而現在的我們，即使是笑著，也無法遏制自己衡量沉重的衝動。擁有的越來越多，其實不過是一種提醒，提醒我們記憶這件事的重要。真的，如果我們不提醒自己的話，我們是會忘記很多值得記憶的過去的，那些潮濕的季節，和深夜開出的列車。

有時候我覺得很多書都是白念了，相信理性本來就是很愚蠢的一件事。生命自有一套行走的軌跡，你也許永遠也不會跟蹤到。就好像在雜亂的陳舊倉庫中的角落，很有可能藏有你最珍惜的照片，但是你就是用一生去尋找，也是徒勞。多少幸福也許就這樣錯過了，但是錯過了又如何呢？攤開了幾十年的時間以後，我們即使記得那些伴著感情吞噬的過去，也只能輕輕地放下。在已經寒冷的土地上，多少花朵曾經盛開過，如果一一檢點那些美麗，沒有心臟可以承受吧。有時候我們能做的，也就是在時間的縫隙中，抓住一點點你抓得住的瞬間，然後握在手裡，一遍遍摩挲那些粗造而細膩的表面。粗造是留給明天的，細膩是留給今晚的。

我該如何想像那些流光暗影雜沓紛亂的時代呢？在這一切都已經安靜下來的太平洋邊，時代的輪廓都隱沒在夜色裡了。旅行箱裡確實有一些帶在旅途中閱讀的書籍，書中也確實有一些蛛絲馬跡可以讓我看見那些我想看見的。但是，就算我們能夠打開過去的大門，走進流光溢彩的隧道，終究還是活在當下。越是反覆粉刷，那些刻在桌面上的文字越是模糊不能辨認。有些憂傷，一旦進入生命，就跟著我們了，無論天涯海角。問題是我們要不要開啟一些通往過去的門戶，去最荒涼的地方。

明萬曆二十一年，畫家張瀚寫過一段話。他說：「余自罷歸，屏絕俗塵，獨處小樓。楹外一松，移自天目，虯幹縱橫，翠羽茂密，鬱鬱蒼蒼，四時不改，有承露沐雨之姿，凌霜傲雪之節。日夕對坐，盼睇不離，或靜思往昔，即四五年前事，恍惚如夢，憶記憶紛紜，百感皆為陳跡。謂既往為夢幻，而此時為暫寤矣。自今以後，安知他日之憶今，不猶今日之憶昔乎？夢喜則喜，夢憂則憂，既覺而遇憂喜，亦復憂喜。安知夢時覺非，覺時非夢乎？……」寫下這段話的時候，張瀚已經八十三歲了，一個想必經歷了無數人生萬象的年齡。在這個年齡寫下的人生總結，我們當然沒有理由忽略。而他告訴我們的就是，夢幻與現實，其實都是相對而言的。不管我們的一生，有怎樣的獲得與失落，於我們的心境好壞，其實只是看我們自己的認知而已，非關成敗，更非關他人。

讓我們還是回到太平洋邊緣的這個小村莊吧。此刻恐怕只有我的房間還透出光亮了。我聽見海濤拍打礁石的聲音，還有窗外的蟲鳴。這些都可以是過去的聲音吧，因為完全不陌生。這些聲音陪伴我走過太多的路。

當然，這些也可以是未來的聲音。（二〇一六年一月三十日）

那種往日再現的感覺

那天傍晚從紐約搭飛機回華盛頓。飛機降落的時候，正值夕陽沉沉降落的最後一瞬。血紅的光芒在昏暗籠罩一切之前奮力放射出最後的璀璨，把機場的跑道渲染成瀰漫的光彩走廊。我不由得在心裡發出一聲嘆息。

不是因為這樣的夕陽餘暉本身，而是因為這樣的夕陽餘暉對我曾經是如此的熟悉。在美國念書的十年，有太多的旅行，太多次也是這樣的傍晚飛機降落，也是這樣的落日和回家的感覺，那種畫面壯美而溫馨，是我異國記憶中塗抹不掉的一幅山水畫。之後就去了另一片土地，一去八年。然後就是八年過去，重新回來這個已經如同家園的異國。很多已經悄悄淡漠的畫面，那些自認為不會再怦然心動的感覺，曾經以為跟著時間隨風而去的觸動，竟然還是慢慢地，一點一滴地，在生活的周遭中再次出現。這種感覺，就像輪迴一般：你去了另外一個世界很久，然後回來，發現一切彷彿沒有變動，一切都如同一場長如冬夜的夢，醒來，那些該在的，還在。

生命當然最好就是線型的，只有一路向前，永遠只有方向；走過的即使留下痕跡也不會再看到。那些成就與挫折，那些狂喜與傷心，經歷過了就不會再來。但是不是，生命往往是環狀的，有的時候你走了很久，突然發現，一切都是這麼的似曾相識，就像我在機場跑道上看到的落日。但倘若真的是環狀的，我的意思是說，我們真的能回到從前，真的可以往事再現，那當然也令人嚮往。畢竟我們可以有機會回味本來以為已經失去的美好，或者可以有機會讓一些事情重新來過，這樣的生命就不會再有什麼遺憾了。

可惜也不是這樣的。生命往往看上去是環狀的，但是當你有往日再現的感覺的時候，你也再清楚不過地知道，再現的已經不是往日，而是往日的鏡像。你可以看到那麼多熟悉的事務，場景，和人，但是你已經不可能再真實地觸摸到。同樣的夕陽，儘管那麼熟悉，儘管你以為曾經有過的感覺又湧動上來，但是稍微清醒一下你就會知道，這一切似曾相識的，其實都在鏡子中。你看得到，但是摸不著。你以為熟悉的，其實已經改變很多。就好像同樣的旅行回來，同樣是傍晚的機場跑道，同樣的落日餘暉，同樣的內心因此而產生的蕩漾，但是總有些什麼是不一樣的，也許說得清楚，也許根本無從解釋，總之就是你自己明白，往日再現只可能是以一種輪廓的方式發生，我們不要期待細節的重現——不管你是多麼的期待。

或許最簡單的面對，就是穩定的，不流動的生活狀態。你一直生活在同樣的一個世界中，反倒不會有往日再現的感覺。這就像我們最經常居住的城市，是我們最少去深度瞭解的地方一樣，你一直生活在同樣的一個故事中，那是很難有往事會出現的。而對於不斷流動的人生來說，就會不斷有這樣的往日再現，然而卻又天人兩隔的感覺。那樣的感覺，好像有一層霧覆蓋在心上，朦朧也就罷了，細究起來，什麼也看不到。

好吧，其實看不到也就看不到了。畢竟，往日再現又能如何呢？就算真的可以把一切重新來過一遍，也不見得就人生圓滿。很多事情，是只能經歷一次的。所以，對於往日再現這件事來說，雖然很美好，但是留在感覺的層次就足夠了。所謂自由，也許就是那首歌的歌名：跟著感覺走。（二〇一八年六月十九日）

似曾相識

有很多的風景是似曾相識的。心情也是吧？就像那天我默默地坐在海邊，看那些夜晚才有的白色的光，在黑暗的背景下顯得尤其明亮。我就覺得生命中一定曾經有一個夜晚，跟今天是一模一樣的。雖然細節已經模糊，陳舊的記憶邊角凌亂，但是那種心情恍然如舊，多少的時光好像沒有移動一般。竟突然間，一切的期待與慌亂，一切的失落與憂傷，都似曾相識。

有時候我覺得，所謂生活，就像是在迷霧中划行：我們一開始並不知道方向，但是時間久了，就只好選擇放棄辨認。我們乾脆只是機械性地動作。因為我們知道，早晚我們還是會慢慢駛入燈光的海洋裡面。這樣的心情帶給我們正反兩個方面的收穫：有時候我們因此目光堅定，有時候也會因此黯然神傷。而那天的我，大概就是帶著後面那種心情吧。當你發現在沙灘上書寫的故事，演繹成似曾相識的情節的時候，那種黏著的焦慮，又豈是隨風而起就可以結局的呢？

那天夜裡我跑去無人的海邊，漫天的繁星閃爍出寒冷的光芒。星光下我還依稀可以辨認：哪些地方我曾經張開一把傘擋住陽光，哪些角度可以隔開外人的視線，哪些高度可以看到海面與山崖的交錯，哪些風景成為我的記憶。有那麼多的似曾相識也是一種負擔，因為它會提醒我們這不是第一次面對生活。通常，對於這樣的似曾相識，我們只能逃避。因為這個世界上，還有什麼事，比一再遇到，還一再無法迴避更可悲的嗎？當痛苦成為必然，轉身就是義務。

可是即使我低下頭不看周圍的一切，海浪的聲音依然還是那麼的熟悉。連夢中奔跑的弧度和速度，都是這麼的似曾相識。除非我們搬離開自己的海灘，否則不可能拒絕巡迴的旋律。每當這樣的時刻，我就會問自己：難道逃避就可以解決問題嗎？我們關閉自己的感官，就能夠不被海水打濕褲管，不被潮汐的脈動牽引我們的呼吸嗎？當然不可能，畢竟，該發生的就還是會發生。面對那些我們無法理解但是又一再發生的事情，也許最好的做法就是面對。我們應當知道，太多的事情，就是一再地重複。拒絕就是拒絕，悲傷也是如此。

所以記憶才顯得那麼重要，儘管它的美充滿了悲劇的基調。就像今夜的海邊，我還是獨坐在沙灘上。黑白的照片裡，高大的椰子樹迎著海面屹立不動，一條無人的腳踏車步道無奈地縱伸到遠方，天際線上那些亂捲的雲朵糾結在一起，光線散漫地打下來。這樣的畫面，就是我的記憶，它以似曾相識的面孔出現，無聲無息卻又無所不在。好希望那些雲彩能夠從天上飄落，讓驚喜的笑容充斥天空。但是在記憶的框架裡它們沉默無語。

當夜行的盡頭曾經如此似曾相識，而傷口因此而不能結痂的時候，我們唯有用鏡頭留下畫面。我們把我們需要的東西聚焦在一起：風一般的囈語，看不到盡頭的期待，一次次的潮汐以及象徵著的追求，還有席捲世界的風聲。所有這些，都放進鏡頭吧。那些風景一般的記憶，以及記憶一般的風景，就這樣，都在海邊凝固了。（二〇一四年五月二十七日）

那些風花雪月的夢

很久很久以前，跟大部分文青一樣，我著迷而且沉溺於佛洛伊德的《夢的解析》。一個個的夢在佛洛伊德老師的筆下，充分展現了一個人內心最隱私的東西，而且光怪陸離，看得我驚心動魄，有時候還臉紅心跳的。結果就是，儘管我跟所有人一樣，做了數不清的夢，但是很少會公開提到，生怕被別人拿去「解析」，然後發現我潛藏在內心深處的各種小秘密。現在，說起來有點對不起佛洛伊德派的傳人，實話說，我已經不太相信《夢的解析》中的那些理論了。拿一個夢來分析出一些匪夷所思的內心這一套，我不敢說是否正確，反正我是聽了只有笑笑。人老了，就滄桑如此，也是一種悲哀，可是我也認了。所以，現在，我可以說說我的那些風花雪月的夢了。

我必須承認，夢是非常吸引人的，因為每天晚上你睡著之前，都不太可能知道晚上會夢到什麼。僅憑這一點，夢就是很充滿了美麗的東西，多少有點令人期待。而對我來說，夢最美好的部分，就是當你做了一個惡夢，要麼是落入敵人的陷阱，本來想大義凜然的但是對方一個勁兒地冷笑讓我很惶然，要麼是好不容易爬上一座大山突然發現找不到下山的路了真是要多倒楣就多倒楣，那種內心的掙扎慌亂，在夢中的一瞬間無奈又焦急，你會覺得人生這下子就完全毀掉了。正當絕望無助的時候，一睜眼，窗外天光微亮，原來是做夢而已！那種絕處逢生的舒心，長出了一口氣的放鬆，就是在現實的生活中也很少會遇到。整個就是一個字：爽！夢不是真實的，但是帶來的是愉快是真實的。夢是一個好東西啊。

有時候夢境是如此的奇詭壯麗，那是現實生活中根本不可能欣賞到的。有一次我夢到住在海邊的一幢高層大廈，正在不知道要做什麼的無聊時刻，突然發生了超級大地震，我住的大樓搖晃得東倒西歪，那時候的我鎮靜得不得了，踱步到窗前，赫然看到周圍林立的大廈——每一幢都比我住的還高——玩具一般地紛紛倒下，就在我的眼前，整個一座城市的建築交替躺平，遠處竟然是明亮的太陽冉冉而起。那種場景，讓我記到今天，我相信好萊塢的大製作也無法拍攝出來。我當然不能殘忍地說那是一種壯美，畢竟說不定那些建築裡很多無辜的生命就此喪失，但是我相信只有夢中，才能讓我看到類似的場景。我如果是電影導演，一定會翻身起來，趕緊執筆狂書記錄靈感。不過我不是，所以我就是醒來後呆呆地躺了半天，然後就洗漱去了，證明了我這個人的凡俗本性。

還有一些夢，是我無比珍惜的。那些你曾經從內心裡渴望是現實的場景，那些模模糊糊的感動和悲傷，那些無比熟悉親切但是已經忘記到底是哪裡的雜亂的街道，那些可以凍結思緒和動作讓你幾乎無法呼吸的瞬間，那些你終於建立起來的相互之間的連接。又或者是真正的夢幻一般的場景：藍色的溜冰場，青衫長袖，風吹在臉上的感覺，相忘很久了的小學同學，激盪人心的鼓聲和呼嘯的風，手裡的手，等等。這一切，都使得夢構成我們的真實人生中很重要的一部分：多少風花雪月的故事，在現實中也許只能曇花一現，或竟然其實只是精美包裝的糞便，然而有時候我們會在夢中如願以償。縱使醒來只有遺憾，但是也畢竟曾經擁有。（二〇一七年二月二十七日）

靜

漫天大雪中，換了防滑輪胎的車沿著崎嶇的山路開了兩個多小時，跋涉七十三公里，只為了到玉峰山莊的「奧出雲」溫泉泡了半個小時的湯。但是值得。

且不說一路上看不盡的銀裝素裹的白色世界，也不說深山中沿途的小村落是如何像童話中的小人國，真正的精華部分，就是在戶外露天的風呂中，泡在溫熱的水裡，面對白皚皚的天地，雪花簌簌地落在肩上。我們一行人一時間都被這樣的「此時此刻」震懾住，以至於大家都不出聲，四下一片靜謐。此時的內心，平靜如雪。

盧梭說，人生而自由，但是無往而不在枷鎖中。其實枷鎖是人給自己套上的，放下，就是自由。在風雪之夜，把自己融入周圍的世界和水中，那一瞬間，我感到自由。我們需要用一生，不斷地打破各種枷鎖，外在的，內心的，然後逐漸地靠近自由帶給我們的平靜。這，也是值得的。因為只有靜，才能思考。

第二天的拂曉，因為想看日出，我五點多就起床。泡一杯咖啡，披上外套，在陽台上等。於是，第二次被絕對的靜震撼到。冬日清晨的山村，此時只有一望無邊的白色，然後，就是靜。那是一種近乎絕對的靜，我幾乎聽不到任何聲音。沒有風聲，沒有昆蟲或者家禽的鳴叫，更沒有隱隱約約的人聲或者車聲。我就像來到一個真空的世界裡面，那種靜，讓人瞬間凝固，不能動，彷彿被環境的黑洞吸進來。我只能屏息站在那裡，一動不動。

這些年都是住在大城市中：波士頓，洛杉磯，倫敦，台北。在這樣的地方，完全不可能有絕對的安靜。無論你幾點起床，都可以在陽台上或者後院裡聽到各種各樣的聲音。所以，當下這樣的靜，對我來說真是罕有的體驗。我沉浸其中，如同浸泡在魚缸中的水草，那種靜就是包裹住我的水，巨大，安詳，穩定而有力。接觸到那一刻，我已經感知到這是難得的體驗，有一種宗教般的氣氛，讓我肅然而立。一直到寒冷喚醒我，讓我匆匆躲回房間。

真的太久沒有體會過這樣的靜了，這是我這次日本度假最大的收穫。後來我跟接待我的朋友提到這個感受，他深有同感。他說，在東京住了十年，他就是為了這份安靜，才搬到福山的山村來的。他說也許是因為年齡的關係吧，他現在很珍惜思考的能力，而要思考，就需要這樣的安靜的環境。

在一個能夠捕捉到各種聲音的世界裡，我們是很難面對自己的內心的，也很難真的面對自己所處的環境。因為聲音，因為外界的種種，我們的注意力無法集中，這不利於思考這件事。我們聽音樂，打電話，看YouTube上的分享。我們是不是灌注了太多的聲音在我們的生活裡，而忘記安靜的意義了呢？我們是不是只有在偶然的機緣下，只有在真的遇到巨大的安靜的那一刻，才領悟到，安靜，也是一種生存和發展的可能呢？日本文化，傳承了禪宗的精神，而非常強調靜的意義。在一個人口大國和工業大國，我們是不是需要更多的這樣的強調，來提醒我們要去做一些更加需要被提醒的事情呢？

我想，面對雪花灑落肩頭，世界一片靜寂的時候，面對清晨的無與倫比的安靜的時候。也許我們應當拿出手機，用照片記錄下來我們的心情。照片也是靜的。（二〇一五年一月四日）

以夢為馬

那天我離開鍵盤，走入城市的時候，我就已經知道，一個美麗的故事，結束了。在那樣的冬天，我們還能說什麼呢？我驅車到山道上，一扇扇臨街的店面大門緊閉，窗口滲透出溫婉的光亮，卻是星星點點，不成陣容。心情也是破碎的，灑滿天空。我坐在街邊的長椅上，忽然地，就覺得一切，都是這樣地似曾相識。

曾經憑藉記憶，活在一個奇妙的世界裡，每天用筆記下日期，而你卻沒有歸來。我們都是一些遊弋在時間裡的魚吧？我們靠欺騙自己呼吸，我們強迫性地打扮自己，每一條襯衣上的皺褶，都是開啟時光的悠長隧道。回頭看看，每天我們都做了些什麼呢？按部就班的生活節奏，上網聊天，還有蓬勃脹滿的胸膛，以及星羅密佈在房間裡的思念。那些我曾經一五一十記錄下的，都已經製作成錦繡緞面的光碟，我把它們如同衣物一樣小心地疊放，只要拉開抽屜，就那些面目鮮活地堆積在那裡。

所有的痕跡：旅行計劃，小虎玩偶，文具盒裡的車票，還有未來，都在清晰的背景下逐漸模糊。還有那整整一面牆的信件：寫在不眠之夜的信件，看到電影之後的分享的信件，忐忑的信件，在飛機上用手機寫下的信件。那麼多的文字，我都好好地保存著。整整一個夏天，我沒有讀過任何東西，才會有這樣的累積，這也是一種緣分吧？已經不記得是否曾經也暗自心驚過了，孤單過的靈魂就是飢渴的樹，每一滴雨水都當作永恆的恩典，小心地分類收藏，當作漫長歲月的理所當然的收據。

現在想想也只能笑笑。生活有時候就是這麼簡單，簡單得像一碗清粥，米粒晶瑩黏稠，就像現在的結局，格局整齊但是百轉千迴，各種糾結。一切都如同夢境。在夢裡，天空變成河流，結冰的湖面晶瑩閃爍，我們在鄉下迷了路；

山風吹來，無法言說的靜謐排山倒海。在夢裡，螢幕上漫溢著全部的海洋，出海的人在船頭微笑，腥味的海風撲面而來，異鄉人的絲巾翻飛如旗幟。在夢裡，我們試圖按照圖紙搭建一座房屋，木質結構，花園裡種滿桃花。如果還是在夢裡就好了不是嗎？現在醒來，一些東西好像植物，突然就枯萎了。

好像有一本書的書名，大致的意思就是，有些愛，到了極致就是放棄。放棄這個詞真的很曖昧啊，我們其實都是在用生命來詮釋，用一段段的故事來鋪陳。那樣的放棄是含著淚水的告別，甚至是笑容下的揮手。河流裡不斷有船來來往往，我們只是從這條船到那條船，那不是結束，而是開始。畢竟我們都不會只有這一次，要強迫自己寫下一冊《笑忘書》。

這就如同電影《Tailor of Panama》中的插曲〈Todavia Cantamos〉的歌詞：「我們繼續歌唱，我們繼續祈禱，我們繼續夢想，我們繼續期待。」不然怎樣呢？這條路實在太長了，我們根本不可能現在就停止向前。我們只有停頓一下，深呼吸，闔上眼睛，靜默。然後睜開眼睛，繼續向前。

是的，我們都是時間裡馳騁的騎士，以夢為馬。（二〇一四年二月十九日）

童話永遠不會老去

讓我們重溫幾段詩人對於美好如同童話一般的世界的描述和嚮往：

愛爾蘭詩人葉慈：我就要走了，去茵納斯弗利島。搭起一個小屋子，築起籬笆牆。支起蕓豆架，一排蜜蜂巢。我會得到安寧，它徐徐下降。從朝霧落到蟋蟀唱歌的地方。午夜一片閃亮，正午一片紫光。我要動身走了，因為我聽到那水聲日日輕拍著湖濱，不管我站在車行道還是灰暗的人行道，我都在心裡聽到這聲音。

中國詩人顧城：我多麼希望，有一個門口／早晨，陽光照在草上／我們站著／扶著自己的門扇／門很低，但太陽是明亮的／草在結它的種子／風在搖它的葉子／我們站著，不說話／就十分美好。

周夢蝶的〈孤獨國〉：昨夜／我又夢見我／赤裸裸地趺坐在負雪的山峰上／這裡的氣候黏在冬天與春天的接口處／（這裡的雪是溫柔如天鵝絨的）／這裡沒有嬲騷的市聲／只有時間嚼著時間的反芻的微響／這裡沒有眼鏡蛇、貓頭鷹與人面獸／只有曼陀羅花、橄欖樹和玉蝴蝶／這裡沒有文字、經緯、千手千眼佛／觸處是一團渾渾莽莽沉默的吞吐的力／這裡白晝幽闃窈窕如夜／夜比白晝更綺麗、豐實、光燦／而這裡的寒冷如酒，封藏著詩和美／甚至虛空也懂手談／邀來滿天忘言的繁星……

最為經典的還是中國詩人海子的那一首：從明天起／做一個幸福的人／餵馬，劈柴，周遊世界／從明天起／關心糧食和蔬菜／我有一所房子／面朝大海，春暖花開。

文學的生命力在哪裡呢？我想，至少有一部分，是在於對於人的精神世界和實際的生命歷程的某種充實，補充和完善。也就是說，在我們逐漸成長的過程中，當然有不斷豐富的部分，但是也有悄悄流失的部分。例如我們對於未知世界的好奇心會逐漸消退，我們對於美若晨星的事情的激情不知不覺地淡去，我們瞭解的事實越多，我們對未來的期待就越少，於是我們學會了忍耐，學會了接受，更重要的是，學會了放棄，這，就是所謂成長。在這個過程中，我們丟失的是好奇，激情，與堅持。

有兩類人對此有兩類不同的面對立場：大部分人把這樣的生命歷程當作必然，他們不斷地在對生命和生活的新的挖掘中滿足自己，他們享受賺錢之後的成就感；他們滿足於銀行儲蓄的逐漸增加，他們愛上了美食，美酒和旅行與探險，他們把全副心力投入到對子女的監護，幫助與關心上，這些人是主流人群，他們真正地長大了，他們向前走，沒有回頭的打算。

還有一部分人，他們的心中始終有一個小小的角落，仍舊留存著成長初期的時候面對世界的那種記憶而且依舊珍惜，他們在生活中戴上面具出門去工作和交際，然後在回家以後脫下面具，又回復到另外一種狀態。在這樣的狀態中，他們試圖在荒漠中開拓一片綠洲，他們想像自己找到最神奇的一匹可以駕馭飛翔的白馬，他們會跌坐在黑暗中的沙發上胡思亂想，他們還會打開一本描述十七、十八世紀英國宮廷內部鬥爭的歷史小說，讓自己沉浸在過去的時間裡，總之，他們也長大了，但是他們還想保留童年的某些部分。

而文學，就是為他們而存在的。在文字的迷宮中，他們找到知音，得到啟迪和感動，並且能夠回到童年的某種精神狀態。在他們看來，那是生活中最神秘也是最美好的一部分。文學，就可以滿足這樣的人，因為對他們來說，在文學的世界裡，童話永遠不會老去。（二〇一五年八月二十二日）

東岸・西岸

時間像河流，發呆的瞬間就已經流到很遠的地方了。轉眼，我流亡到美國也有二十年了。這二十年中，有八年是在台灣度過。其餘的十二年，在美國東岸的波士頓六年，西岸的洛杉磯六年，現在又返回東岸，定居華盛頓。在東岸與西岸來回遷徙，各自都住了很長的時間，對於美國東西兩岸的生活和生活在其中的感受，自然有很深的對比之後的感觸。說起來也真是一言難盡，只能略談一二。

美國是一個多元的國家，體現在東岸與西岸的差異上尤其明顯。東岸除了紐約是一個移民城市之外，大多數的領土還是白人的天下，尤其是新英格蘭地區。畢竟，這裡是美國最早的殖民地，是美國發跡的地方。在東岸，你更可以觸摸到一個從歷史中走出來的美國。無論是建築，還是歷史遺址，甚至包括紐約的捷運，都還保留著一些老式美國的風貌。喜歡懷舊的人，一定會願意生活在東岸。西岸就不一樣了。不論是洛杉磯還是舊金山，都充滿了異國風情，白人早已經是少數族裔了——雖然是最大的少數族裔。相比擁擠的東岸來說，西岸地域寬廣，地表上的一切看上去都年輕得多，還仍然有可以開拓的空間，給人的感覺是一種流動的節奏，沒有秩序，但生機盎然。東岸與西岸兩邊的風格迴然不同，但是都是美國，這就是美國之所以為美國的魅力所在——她能夠把完全不同的風格糅合在一起。

在東岸與西岸生活，感受也完全不一樣。東岸是工作的地方，華盛頓到處都是西裝革履的人，充滿嚴肅詭異的政治氣息；波士頓是大學城，學術的嚴謹氣氛，有的時候也是蠻壓抑的；紐約雖然放縱不羈，但是充滿了金錢的味道，是個不折不扣的資本主義城市，財富逼迫下形成的階層劃分怵目驚心，說實話，放縱得都很累人。總之，東岸充滿了成功的機會，也有無數失敗的悲歌，驚心動魄，引人入勝，但是要繃緊神經。相比之下，西岸也有競爭，但是是那種好萊塢式的競爭，所有的機鋒也都是在懶洋洋的氛圍中展開。在西岸，人活得似乎放鬆得多，這裡有工作性質的問題，也有天氣太好的原因。西岸的人更加陽光一些，更加放鬆一些，整個環境給你的感覺，就是一個慢節奏的遊蕩的氣氛。大家也並不是不工作，但是你就是無法察覺到緊張。如果說人們到紐約，波士頓和華盛頓是觀光的話，到洛杉磯，舊金山，聖地亞哥和西雅圖，才真的是旅行。

還有一個鮮明的對比，就是天氣。這也是我在東岸和西岸之間猶豫不決的原因。作為一個懶人，一定要生活在西岸，尤其是洛杉磯。這裡氣候穩定，陽光普照，幾乎沒有冬天，要用服裝來打扮自己的機會都不多。在西岸的海灘，陽光，四季如春的滋潤下，人們的心情都會好很多。但是有一個缺點，那就是沒有四季。對於那些喜歡在風霜雨雪，秋菊冬梅的遞嬗中抒發內心情懷的人來說，還是在四季分明的東岸更能填補心靈上的空虛。尤其是到了冬天，各州的漫天大雪把世界點綴成寒冬城堡的時候，那樣的美，在洛杉磯可是永遠無法體會到的。這其實也是我割捨不下東岸的原因之一。有的時候，生活不能太圓滿，太圓滿就無味了。只有在四季分明的地方，你才能讓各種情緒都能找到合適發洩的天氣。

東岸，西岸，對我來說各有千秋。搬到西岸會思念東岸的白雪和紅楓，搬到東岸，又會懷念西岸的沙灘和陽光。在洛杉磯，羨慕華盛頓的各種機會；在華盛頓，嚮往洛杉磯的悠閒。東岸與西岸的差別，有的時候，是人生的差別。

（二〇一八年四月十日）

荒謬與反抗——重讀《薛西弗斯的神話》

一

我們生活所在的這個世界，以及我們的生命本身，都充滿了各式各樣的荒謬。當我們不思考的時候，這些荒謬並不是那麼顯眼；但是一旦我們開始思考，就會發現荒謬無往而不在。所以米蘭．昆德拉才會說：「人類一思考，上帝就發笑。」這其實是從反諷的角度，強調了思考的重要。瞭解了思考的重要性之後，接下來要思考的，就是我們應當思考什麼？我認為，荒謬，就是思考所應當蘊含的重要內容。這包括歷史的荒謬，邏輯上的荒謬，愛情的荒謬，末日專制的荒謬等等。這些，都是外在的，社會上的荒謬。

而人生最大的荒謬，就是關於生命本身：生命是一定會終結的，目前的人類沒有辦法抗拒生老病死，這是不可改變的事實；但是另一方面，我們又不願看到自己老去，我們不願生命終結。人類為了抗拒衰老，自古以來就進行了無數的努力，然而，生命的每一步都帶領著我們走向衰老，最終走向死亡。我們所有的努力，都無法抗拒這個趨勢。於是，舊的一代人死去了，新的一代人生出來，繼續這個抗拒衰老到走向死亡的過程。一遍又一遍，巡迴不已。這，就是卡繆在《薛西弗斯的神話》這本小書中給我們描述的世界的荒謬圖景：眾神懲罰薛西弗斯，命他不停地推著一塊巨石上山，到了山頂，巨石又因為自身的重量滾落下來，如此循環往復。一切努力看上去都是徒勞，這是神話為世人展現的荒謬，如此清晰，如此殘酷。

除了生命與衰老之外，我們的一生還會遇到很多的荒謬：卡繆給出的例子是：「這個世界的晦暗難解和詭異疏離，就是荒謬」，「面對人類本身的非人性而感受到的不安，面對我們自己而感受到的無法估量的挫折感，也是荒謬」，「他隸屬於時間，驚恐地發覺時間是自己最邪惡的敵人。應當全力拒絕明日來臨之時，他卻企盼著明天。這肉體的反抗，即是荒謬。」聽起來，這些荒謬的存在是不可抵禦的，因為我們面對的是時間，人性這樣的令人絕望的抵抗對象。但是如果我們決定不自殺，我們就要承擔這樣的荒謬，因為問題是：我們要如何面對這樣的荒謬？我們要如何在這樣的荒謬中生存下去？這才是卡繆這本書的重點，也是這本書值得我們仔細閱讀和思考的原因。

在《薛西弗斯的神話》一書中，卡繆是從自殺問題開始談起的。這當然是非常適當的起步，因為如前所述，生命本身就是最大的荒謬，有些人因為無法化解這樣的荒謬，最後選擇了自殺。而自殺這種行為，來自於一個人最隱私，最內心的掙扎，每個自殺者走向這個悲慘的結局，都是自己的選擇，或者說，都是自己選擇了放棄。中國有一部電視劇《老九門》，是描寫盜墓的故事的，其中講到有三塊遠古時代從天降落的隕銅，具有巨大的魔力，可以把每個人內心的「心魔」引出來，讓人進入幻覺而癲狂。自殺，就是「心魔」出現的結果。在卡繆看來，也是不應該的行為。在這本書中，他告訴我們要怎樣反抗這樣的心魔。所以，「反抗」，其實是《薛西弗斯的神話》一書比較隱晦的主題，如果我們把這本書，與卡繆的另一本經典《反抗者》結合起來閱讀，就更可以體會作者思想的一貫性，也更可以深入理解卡繆對於反抗的闡述和呼籲。

二

讀卡繆的《反抗者》，很多人以為就是所謂「反抗」，就是反抗體制，反抗暴政，反抗一切不合理的現象。而這些，其實是對卡繆的誤讀。因為這些都是屬於社會反抗的範疇，而卡繆作為一位哲學家，他更關心的是我們的內在世界。「反抗」在卡繆這裡，更多的，是指向我們每個人的內心。他是想提出一些主張，讓我們首先反抗自己的「心魔」。因為只有如此，我們才能去更好地進行社會反抗。

在卡繆看來，真正的反抗，應當轉向自己的內心。這一點在今天讀來，更具有耐人尋味的意義。因為今天的社會，有太多的宗教，它們的信仰的實踐，並不是潛心向內去探究自己的靈魂，去尋求自己的內心與它們所信仰的神之間的對話；相反，他們更熱衷於向外去面對外在的世界，甚至介入社會的公共事務，說好聽一點是傳播自己的信仰，實則是強迫世界接受自己的單一的信仰。這是宗教的力量還沒有強大到讓世人足以面對荒謬的世界的重要原因之一。

那麼，我們要如何從內心去反抗荒謬呢？還是讓我們從薛西弗斯的神話說起。卡繆給我們揭示了薛西弗斯是如何面對徒勞無功的荒謬行為的。他指出：「薛西弗斯這眾神世界中的小人物，無力對抗卻又反抗，他清楚地明白自己生存的境況是如此悲慘：這正是他走下山時所思考的。這個清醒洞悉折磨著他，卻也同時是他的勝利。只要蔑視命運，就沒有任何命運是不能被克服的。」這正是卡繆的反抗思想的核心：當我們面對不可克服的荒謬的時候，用自殺這樣的方式放棄自己是無用的，我們應當「蔑視」荒謬，接受並承擔起這樣的荒謬。由此，通過實踐接受與承擔的行為，瓦解荒謬對人的靈魂的摧殘，人生的意義由此而昇華。換句話說，知其不可而為之，就是戰勝荒謬的不二法門。

在民主退潮的今天，很多想投入社會反抗的人，都會感受到很多內在的焦慮：孤單，不被大多數人理解，因為失敗而產生的挫折，因為挫折而產生的絕望，等等。對於社會反抗者來說，這些焦慮都是「心魔」。一個社會反抗者，要想改變社會，必須首先回到自己的內心，先來反抗自己內心的這些「心魔」，戰勝自己內心的這些焦慮。這種自我反抗，可能比對抗外在的暴政更難，但是也比對抗外在的世界更重要。明瞭自己生活在一個荒謬的世界中，並且決定面對這樣的荒謬，承擔這樣的荒謬，在這樣的荒謬中堅持自己的追求。一個人要投入社會反抗，必須首先進行這樣的心理建設，這是社會反抗運動的必修課。而我們過去，太關注如何組織示威，如何培訓反抗的技巧，如何傳播自己的理念，卻忘記了培養反抗者建設一個強大的內心世界。卡繆的這本《薛西弗斯的神話》，可以幫我們補上這重要的一課。

最後，讓我們記住卡繆的這段話，作為我們走上反抗之路的指導：「真正的努力應當是堅持，盡可能地堅持，並仔細地檢視這些生長在荒漠之上的奇花

異草。這場荒謬，希望，死亡對話的殘酷表演，唯有『堅持』與『洞悉』才有資格當觀眾。」（二〇一七年七月三十一日至八月八日）

真正的記憶

納博科夫在〈一封永遠也寄不到俄國的信〉中說過：「一切都將逝去，但我的快樂將永存。存在於對街燈潮濕的記憶中，存在於下降到運河的石頭台階上，存在於翩翩起舞的夫婦的笑臉上，存在於一切上帝慷慨地環繞我們的寂寞的東西上。」這是我看過的，關於記憶的最美的一段文字。在這段文字中，記憶以「存在」的面目出現，呈現出「生活」這一有關記憶的主要內涵，並以詩歌一般的節奏劃出了記憶在生活中走過的軌跡。

這段文字簡樸但是令人動容，正如記憶本身。很多宏大的場面，其實我們不可能一一存入記憶的檔案；或者說，那樣的關於時代，關於重大事件的記憶，其實即使庫存在我們的記憶抽屜裡，也是跟鐵門一樣冷冰冰的存在，我們當然珍惜，但是不會有融化一般的感動。我們面對這樣的記憶，會有不同的情緒，感嘆或者悲傷，憤怒或者遺憾，這些情緒端端正正地樹立在那裡，像一棵沒有表情的參天大樹，那就是歷史。那不是記憶。

而真正美麗的記憶，包裹在普通的，瑣碎的生活中，正如納博科夫所描寫的那些日常的碎片。就如同我至今還偶爾會想起遙遠的年代的某一天，在慵懶的下午的圖書室內，看到一幅插圖導引出來的內心的一些激動和嚮往。那時我初中，十幾歲的慘綠年齡。有一些只有在那種年齡才會有的莫名的惆悵，這樣的惆悵在那天的午後的陽光的照射下，彷彿把時間定格在一幀照片的黑白色的背景上。這就是記憶：它溫暖而鬆散，靜靜地躺在那裡，並不引人注目，但是偶爾想起，內心無比踏實。

真正的記憶，是個人的。即使是與他們有關，也是因為這樣的他者，與我們自己有著千絲萬縷的聯繫，也是因為從對他者的回憶中，我們看到了自己走過的或者蜿蜒或者崎嶇的道路。真正的記憶，也很難與人分享吧，因為這樣的記憶與我們的個性的感受緊密連接在一起，而感受，尤其是歷經了時間磨礪之後的那些殘留下來的感受，已經細微到只有我們自己才能品味。所有公開的述說，只能引起歧義和誤會，引起紛雜的聯想和不必要的抗拒，我們其實是與自己的記憶一路走來，證明著自己的存在的。

隨著時間的流逝，我們每個人都在囤積記憶，都在豐富自己的庫存。記憶因此而是一門藝術，關係到我們的未來。當有那麼一天，我們終於老去，咀嚼記憶就是我們的日常生活，這時候，我們拉開抽屜，一件件把玩不同質地，不同顏色，不同款式的記憶，就像王家衛在他的電影中不厭其煩地展現的舊時代的旗袍一樣，各種各樣的記憶，就是我們盤點人生的賬目。因此，現在我們如何選擇，我們保留什麼，我們放棄什麼，就成為重要的功課，必須早一點動手準備。

這些記憶，有文字，有照片；或者是一首歌曲，或者是一幅油畫，或者根本什麼也不是，只是一種瞬間的情緒，但是來自過去的暗影。這些記憶，讓我們橫跨在時間和空間的橋梁上，俯視自己曾經珍惜過的歲月。它們簡單樸素，字跡鮮明，線條清晰。它們，會決定著我們完成人生的意義。（二〇一五年三月二日）

關於愛，有很多問題

閱讀史料，看到一則關於愛的，深有感觸：「民國四大公子」之一的張伯駒，與其愛妻潘素的一見鍾情，英雄救美的故事，曾經在當年的上海灘廣為流傳，極富傳奇色彩。夫妻二人感情之深厚也如同傳奇一般。

「文革」開始，張伯駒被關押。不久潘素也被關進同一地下室，張在七號，潘在三號。潘素生怕丈夫知道自己也被關押而擔心，明知丈夫就在附近，但是兩年時間不打招呼。直到一九六九年兩人出獄，潘素才淡淡地告訴張伯駒：「我是三號。」淡淡的一句話，卻讓我們看到一種偉大的愛。

世界上有各種各樣的愛，這一則卻讓我格外感動。為什麼？因為，這則故事忽然間讓我覺得，關於愛，其實還有很多的問題，是我們以前不經意間就忽略了的，而其實，這些問題的答案，也許就是愛本身。

比如說：到底是乾柴烈火的轟轟烈烈的可歌可泣的那種感情是愛呢，還是其實平淡下來，但是持久地維繫一種相互依賴的關係，沒有波瀾但是平緩流動的，才是愛呢？英雄救美，為愛私奔，割腕明志，甚至付出生命，這樣的愛我們看過很多，尤其是在文學作品中。但是，這，真的是愛嗎？如果你愛一個人，結果是令對方因為你而痛苦，你確定你真的愛對方嗎？我們會不會把迷戀和愛混為一談了呢？潘素其實並沒有為張伯駒付出什麼，她只是不想讓自己的丈夫為自己付出什麼，這看起來非常消極的愛，卻自有其偉大的地方。那種平平淡淡的背後，是時間的飛塵堆積出的一座高峰。

再比如說，愛，是一種獨立存在的情感嗎？世界上，真的有不需要任何條件就可以成立的，僅僅因為兩個人之間的感情而維繫的愛嗎？所謂愛，不需要客觀營造的一些條件嗎？明知道自己的愛人就在隔壁的牢房，而同樣身處牢房的潘素自己，想必也渴望愛人的安慰和鼓勵，但是為了不讓對方擔心，她刻意堅持住兩年不打招呼。這兩年中，我們不難想像，潘素經歷過多少屈辱與折磨，經歷了多少寂寞和絕望，而她完全自己一肩扛下來，堅強地面對苦難。她對張伯駒的愛，能以不讓他為自己擔心的方式完成，這，其實不是每個人都可以做到的。潘素本來就是一個有修養，有個性的奇女子，她以自己的性格和素質鍛造出來的個人稟賦，無疑是她能完成這樣的愛的重要條件。試想，如果換作是一個沒有堅強的自我的內心世界的女子，能夠如此堅韌不拔地面對對愛人的渴望嗎？

顯然，愛，其實是需要一些條件的。或者換一種說法，愛，不可能是無條件的。這裡所說的條件，當然不簡單地是金錢物質方面的條件，相愛雙方的修養，素質，個性和對人生的理解，也是不可或缺的。真愛之所以難求，就是因為它並不只是一個人喜歡另一個人的事情，而是需要很多的條件，來把喜歡這種感情鞏固住，凝聚住，維持住。經歷過愛的人一定都知道，這是多麼難的事情。我們是否，經常把愛這件事，想得太簡單了呢？

關於愛，其實還有很多其他問題。年輕的時候，我們不需要思考，甚至也不需要答案，一切都是在天雷地火中發生的；但是隨著時間的流逝，如果你還想更深地完成愛這件事，很多問題，還是需要答案的。（二〇一五年二月十五日）

黑暗與海洋

曾經在俯視大海，建造在山坡上的一棟禪房中度過難忘的一晚。那次我是為著看海和重新回到徹底的平靜而來的。所以當暮色逐漸加重，視力所及，已經看不到海面上的點點帆船和層層波紋之後，我熄掉房間內所有的燈光，讓自己慢慢地滑入無邊的黑暗裡，面對大海。

沒有燈光，我只能用呼吸的長度去感受海的存在，因為黑暗而格外敏感的聽力，在心中框除了海面的容顏。經過了這麼悠長的與海相處的時間，海對我來說，已經有如熟悉的陌生人，因為時間而遙遠，同時也因為時間而親切，是那種你可以隔著很遠的距離向對方眨眼，而心裡篤定對方會解讀出你的心情的那種親切。

這就猶如琥珀形成的過程，你慢慢側身進入黑暗，天衣無縫地如同游進去一片溫潤的水域一樣，龐大的黑暗逐漸包裹住你的身體和身體外面的世界，一切都被絕大的籠罩感凝結起來，我們就這樣成為生命的樹幹上那一滴用水晶雕刻出來一般，似乎隨時都有可能滴落的琥珀露珠。

在這樣的黑暗中，我們能說什麼呢？我們只能沉默。維根斯坦說過：「對於不可知的事務，你最好的態度是保持沉默。」面對無邊無際的夜色和無邊無際的大海，我們是無知的，所以沉默也是最好的選擇。這樣的沉默來自於一種與命運在久經考驗之後建立起來的默契。因為我彷彿看到，生命雖然可以像風中飄零的落葉，但是只要能跟夜色與海洋一起呼吸，飄零也可以是一種飛翔。即使是隨波逐流，我們還是可以選擇姿勢。

我打開窗子，夜風的沁膚之涼，尺蠖一般扭曲地從衣領的敞開處爬入。打一個冷顫，立刻回到現實。我一直覺得，黑暗是現實與想像的世界之間的一條界線，我們在黑暗中想起白天時這裡曾經的明亮喧嘩，各種聲音，言語與煙塵的交雜，簡直就是漫長世紀以前的事情，完全的另外一個世界。而在現在的世界裡，我們睜大眼睛什麼都看不到，心才重新成為一切事務的核心，所有的畫面都不是從感官，而是從內心的想像生長出來，像百年老樹的枝椏，轉瞬間就填滿黑暗山谷。

這時，隱約的海浪拍打沙灘的聲音就成為黑暗的背景音樂。這種旋律單調，重複進行，一遍又一遍，但也因此而特別攝人心魄。還有什麼比千百遍的重複更能令人深刻，永遠難忘的呢？哪怕是謊言，只要這樣陳述都會深入人心；哪怕是下意識的溫存，也會刻寫成最執著的眷戀吧？這就是海的魅力。她不獨特也不絢麗，她只是亙古不變。

說到這裡，你也許就明白我為什麼喜歡黑暗和海洋了吧？我們的生命中，太多太多變化了，我們忙於應付和面對這些變化而精神疲憊，我們被變化驅使也被變化傷害，我們因為變化而連自己都不再相信。這樣的世界，真的很需要永恆的東西，讓我們可以平衡自己的內心。

而還有什麼，能像黑暗和海洋一樣永恆呢？（二〇一四年一月二十九日）

斷想三章

一、會不會很眼熟？

奧地利作家茨威格曾經這樣形容歷史中的某一個階段：（他們）小心謹慎地運用自己的手法：總是先用一定的劑量，然後便是小小的間歇。總是先單獨用一粒藥丸，然後等待一會兒，看看它的效力是不是不夠強，看看世界的良知是否受得了這個劑量。由於歐洲的良知急不可待地強調「與己無關」，所以藥的劑量越來越大，直至整個歐洲最後在這種劑量中徹底完蛋。

他其實是在描述人們的「僥倖心理」。有些人不願意相信世界上有黑暗的一面，當你跟他講述一些可怕的事情的時候，他寧願選擇逃避，選擇不相信，以免自己要承擔反抗黑暗的責任。正如茨威格所說：聽見了殘暴，會說，這是文明的歐洲，二十世紀，應該不可能；親眼看見了，會說，大概只是一時的現象，不會長久。

但是我們都知道，其實，慢慢地，歷史的殘酷的一面呈現出來了。這時候，一切震驚都成為現實，那些原來不相信的，也只好相信了，但是，一切，都晚了。歷史上的這一幕，大家會不會很眼熟？

二、國境之南

從邁阿密驅車五個小時，蜿蜒曲折的公路在海上波紋一般鋪展開，有的時候，你會有一種錯覺，似乎車子行駛在海面上。然後終於到了。

美國國境之南的最南邊，少數猶存一九六〇年代嬉皮士之風的小城，會令我心花怒放的老街和各種詭異的小店，海明威和田納西．威廉斯住過的地方，無敵的海景，對岸就是古巴，距離只有九十海里。是的，這就是Key West，一個從大陸延伸入海中的小島，一個世外桃源般的小鎮，一個當美國東岸冰天雪地的時候，這裡熱到要開冷氣的地方。

我喜歡這樣的小鎮。在這裡，除了潮水般來去的遊客之外，真正的居民過著悠閒的生活，我們觀賞他們的家園，他們觀賞我們的驚嘆。如果有旅遊的淡季，這裡一定是靜謐的，安詳的，所有人都彷彿已經在這裡住了一輩子。這是那種你住下來，就會有故鄉感的地方，它因為遠離紅塵而讓你安心，它因為節奏太慢而讓你放鬆。這樣的小鎮在美國或者歐洲應當還有很多，這是我們這個世界仍然值得期待的原因之一。

三、何必

原來以為，就像森林中的夜行者：曾經並肩同行過一段路程，然後，就從此在生命中消失。雖然很關切你的生活，然而，卻只能在停車河邊看到波士頓夜色的時候才會想起過去，想起你的試探。那一次，我聽到自己的心跳。

可是，多年以後，居然我們又有了溝通。像是一切都沒有發生，像是你已經原諒了我的魯莽，像是……我們已經忘記了過去。

這就是生活嗎？時間讓我們成為朋友，因為曾經在同一個班上，因為母校的感情維繫？真的就是這麼簡單嗎？我們狂熱地相識，平淡地分手，只是因為我們已經是成人？假如成年的意義就是大家都認同現實，我們再次相會的意義豈不是只是零嗎？

我當然不會讓你看到這樣的心聲，因為我還是期待再看到你。哪怕我們只是同學，哪怕你就是想be nice都可以，都好，只要我還能說一聲：「Hey, how's going?」

致情人節

愛是什麼呢？

愛不僅是思念，更是惦念。看見一處美麗的風景你會想如果對方也在多好，看見一個可愛的物件你會因為猜對方也許喜歡而買下，看見天氣預報你會有點擔心對方有沒有調整衣著。思念是濃烈的，惦念是平淡然而綿長的。愛，是平淡，是綿長。

愛，既是一種相互給予，也是一種相互索取。說到底，是一種相互依賴。一定要有一些事是你離開對方就不知所措的，一定要有一些時刻是對方特別需要你在身邊的，一定要有某些情緒只有在對方面前才肯流露的。只有相互依賴的愛，才會穩定長久。而最關鍵的，是相互。

愛不是什麼呢？

愛肯定不是勉強。有一句話說得很實在：「如果發簡訊給一個人，對方一直不回，那就不要再發了，沒有這麼卑微的等待。」愛，因為本來就不是理性的範疇，也就不能用理性來計量。它基本上是一種被感覺主宰的情緒，而感覺是典型的順其自然的過程。如果你以為可以按部就班地，按照設計好的步驟來得到愛，那麼即使你成功，也是失敗，因為那樣的愛，最後會被證明是鏡花水月。你得到的，還是會失去。

愛也不是急就章。一見鍾情被認為是愛的模式，但它其實只是喜歡，而不是愛。因為愛本來就是某種意義上的琥珀，需要歲月的鍛造和積累，也需要經過風霜雪雨的考驗。如果你真的愛一個人，如果你覺得對方值得，就要求自己多一些耐心吧。很多感動人的因素是需要時間來證明和呈現的，你如果想縮短這個過程，就是逆天。想得到理想的愛，就是一種理想主義。沒有一種理想，是可以不經過時間就得到的。愛也是一樣。

愛，其實也不只是兩個人之間的事。

它有可能只是一個人的事。愛一個人，完全可以深埋在心中，久久沉澱，成為另一種琥珀。相愛沒有單行道，但是愛可能只是一個人的行為。我們默默地愛，默默地完成自己的心靈成長。很多人都說過，愛是一種成長。確實，如果我們能夠把愛的意義從情的層面抽離出來，而攤開在人生的書桌上，你會看到什麼東西令我們淚流滿面，什麼東西令我們深惡痛絕，這就是成長。我信奉一句話：「如果一個人還沒有出現，那是在等你變得更好。」沒有愛的境況也許淒慘，但是只要我們冷靜，也有可能化為別的場域的動力。

愛也可能是一種社會機制。《一代宗師》中說，人生有三個境界：見自己，見天地，見眾生。愛也完全可以到「見眾生」的階段。那是一種把愛化為瀰漫的霧的境界，在這樣的撲朔中，愛就成為一盞明燈，我們用它照亮自己的方向，也照亮周圍的世界。那些沒有愛的人，那些生活中只有硬體（知識，權力，錢財，勝利，成就）的人，是應當被警惕的人。

大雨之夜

記得那個大雨之夜，我逃跑到遠郊深山中一座幾乎廢棄的山莊。昔日的繁華只剩下幾盞掉了顏色的燈籠，在雨中瑟瑟搖曳，多少讓人可以相信當年這裡的燈火通明，笑語喧嘩。而現在，青苔爬滿了台階，斑駁的大門上的字跡已不可辨，前朝的濃彩豔妝，在雨水中流逝殆盡。好在還有幾戶人家留守，零星的燈光從幾座小木屋的窗縫中透出，算是多少點綴一下蒼茫的林海。

我是為逃離那個巨大的城市而來的，這樣的逃跑醞釀已久。經歷了那經歷了很多次仍然還會經歷的滄桑之後，一個人的荒涼也許就是唯一的出路。在四野無人的大雨之夜，毫無倦意的我睜大眼睛躺在床上，雨聲如迸裂的煙火，劈劈啪啪地敲打在低矮的屋頂，柏樹的芬芳在黑暗中觸手可及。曾經最怕的失眠，現在顯得那麼無足輕重。我逃到這裡，本來就沒有打算昏昏睡去。四周是宰制一切的安靜，包括各種聲音，都是安靜的一種。這是我們能好好面對自己的黃金時刻。大雨繼續安靜著，彷佛雨聲只是一種有節奏的撫摸，你能感覺到重量，但是聽不到聲音。這樣的時刻，讓我們回到原點。我們面臨的是這樣的狀態：一切似乎都剛剛開始，一切似乎都已經結束。這就是我逃到這裡的原因：結束與開始。

這就像我住的這座莊園。很久很久以前，這裡就是這樣的荒蕪，萬物生長，周而復始，兩千多年的神木下，蕨類植物覆蓋地面，這就是開始，雖然我們都不知道這樣的開始，是從什麼時候開始的。後來這片原始森林被我們看上，規劃，備案，環評，籌資，篳路藍縷的建設工程像大自然吐出的一口悠然的嘆息。於是，富麗堂皇的山莊在群山深處拔地而起。神木被掛上標示牌，告訴住客樹木的年齡；蕨類植物被步道分割成不同的區域，被劃分為五十八個種類。當年這裡是多麼的天上人間啊，水袖一般的排場，嵐一般的神秘，宴飲一般的習以為常。

現在已經知道當年的荒謬了。我們總是追尋不應該追尋的東西。那些曾經是開始的，終歸要結束。那些看上去是結束的，其實是回到開始。神木被雷擊到過，枯枝高聳如雲，巋然不動；蕨類植物更加蔓生遍野，綠色了一整片山坡。我們不是沒有清醒過，其實早在開拓的時候，就曾經猜想到最終的結局。但是這就是我們的問題所在：我們明知道結束在哪裡，還是要開始。

大雨之夜，我安頓在幾乎廢棄的山莊中，聽到時間的呼吸，整理這些書寫到雨聲中的教訓。我知道我最終還是要回到那座城市中去，回去繼續從開始到結束的過程。但是我希望能夠帶著這座幾乎廢棄的山莊回去，至少是帶著這座山莊的影像。因為它可以提醒我，與其結束在開始的地方，不如從結束的地方開始。

長繭的心

心都曾經有過嬌嫩的時期，那時候我們無法面對很多東西：惡意的批評會讓我們暴跳如雷，被人冤枉的時候我們四處澄清，失敗使得我們垂頭喪氣，感情受挫更會如同末日來臨。那時候我們的心是如此的嬌嫩，以至於受傷之後，要很長很長的時間才能癒合，甚至需要一些暴烈的發洩才能讓我們慢慢安靜下來。所以才有那樣的新聞：失戀使得年輕的生命就此終止。

心也都經歷過逐漸成長的階段。這個階段裡我們開始瞭解到時間的威力，我們開始學會按捺住自己的心情。我們也許不知道未來的路要怎麼繼續走下去，但是我們已經知道現在不是放棄的時候。對於那些更有悟性的人來說，在這個階段，他們其實已經懷疑自己的心情是否能夠持久。

所謂成長，就是我們在時間的水溫裡逐漸成熟的過程，我們從睜大好奇的眼睛東張西望，從激烈地對四面八方做出反應，到終於學會坐下來，審視自己，問自己問題。我們在這個階段裡伸手觸摸世界；抓住一個人，然後離去；我們得到，失去，然後繼續失去，一直到重新得到。這個過程其實是人生最美好的時期，因為我們的心既不嬌嫩，也還沒有長繭。

然後，就到了心長出繭的階段。這個階段，我們帶著一顆長繭的心面對人生的挫敗。在無可奈何的世界裡，我們有一種悲傷的坦然，因為我們知道自己在追求那些其實追求不到的東西。我們不夠老，還沒有學會放棄；但是也不再年輕，沒有更多的選擇。我們唯有以一顆長繭的心，走一條以前走過的路。

長繭的心是那種難以確切形容的形狀，它以扭曲的姿態生存，在現實的環境中左右搖擺。對此，你可以說這是掙扎，也可以說這是自由的舞蹈，但是你不能否認，一顆長繭的心裡，底部沉澱了太多的時間，太多的失望與希望，太多的影像，太多的面孔和太多的絕望。正因為如此，當心長了繭，我們就可以做一個自以為的勝利者，因為我們根本無從體驗失敗。

心的表皮被繭層層包圍，豐厚的內核使得我們可以自己提供營養，我們已經知道得太多，所以可以抵抗無知的進襲；我們在演出還沒有開始的時候，就已經知道了結局。所以當結局以悲劇的形式出現的時候，我們甚至都懶得動容，因為我們已經知道。那層繭，就是生命，經驗，時間和理性攪拌凝練出來的乳白色的膜，我們在繭的保護下微笑面對註定的一切。

心都是這樣逐漸走到長繭的階段的。當我們走到這一步，回頭看那些曾經的痕跡，也許會暗自唏噓，但是絕對不會有後悔。我們看那些還在路上蹣跚的後來者，看他們從嬌嫩的階段飽受傷害，到學習舔舐傷口，然後站起來繼續前行。我們看這些過程就像看一場人生的彩排，也許會有一種居高臨下的平靜。

然而，當我們的心已經長繭的時候，這樣的堅強，也許才是真正的悲哀。

夢境

有一個夢，多年來我邂逅好幾次。說邂逅，是因為我從來沒有預先約定過程式，也從來沒有過期待。但是總是有那麼一些時候，就出現了這樣的夢。

因為屢次出現，所以場景已經很熟悉了：那似乎是南國的夏日，我們住在一個招待所裡。清晨很早起床，天還沒有亮；院子裡巨大的芭蕉樹在路燈的映照下搖曳，空氣中還有一點寒意（奇怪，居然在夢境中還可以有溫度的感覺），本來應當是在盛夏的中午才會出現的蟬聲大噪，此時彷彿背景音樂。我們好像是要晨跑的樣子集合在院子裡，每個人都一副睡眼矇矓的神態彼此相對。然後就開始等待，等待下一步的行動但是完全沒有指令。我記得夢中我們就這樣站在院子裡，南國的黎明逐漸逼近。

然後，通常就會醒了。

這樣的夢會令我無比留戀，遺憾為什麼會醒來。這樣的夢也會令我困惑。過於逼真，過於鮮活的夢境，尤其是那些曾經反覆上映的夢境，往往都會讓我們有這樣的困惑，這樣的莊周夢蝶一樣的困惑吧：是不是，針對我們以為的真實人生，往往有另一種生活，另一種體驗，這樣不同而並存的生活，彼此存活在對方的夢境裡呢？否則要如何解釋，在我醒來之前，在那樣的蟬鳴聲中，我感覺如此自在，如此安逸，這樣的感受呢？

當然我們還是有夢醒之後的生活框架。在這樣的框架裡，我們按部就班，自以為是，頭腦清醒地從事很多事情，彷彿曾經有過的夢境從來並不存在，我們渾渾噩噩，等待著睡眠時間的到來。然後，再見南國。

夢境有時候純粹是幻想，類似托馬斯．金凱德的油畫。那些我們不可能踏足的仙境，其實只是一種寄託，存放著我們的許多嚮往。關於這一點我內心清楚。然而那些與現實並無二致，可是又完全沒有線索可循的夢境呢？那些因為貼近現實而觸動內心的畫面，那些似曾相識的房屋，院落和校園，那些似曾相識的聲音，那些似曾相識的感動，真的就只是雜亂無序的腦波運動嗎？每一次我從這樣的世界回到現實，都會發呆良久。難道，不是醒來之前的世界才是真實的嗎？

我很年輕的時候就讀過佛洛伊德的《夢的解析》，我也曾經嘗試用精神分析法去分析夢境的意義。現在我知道這是多麼的虛妄了，那只有年輕才會犯下的錯。現在我們知道，不是所有的事情都可以解釋，都可以釋懷，都可以讓自己內心平靜的。我們一心想找出答案，就命中註定只能徬徨無助。因為有些事情，本身就是沒有答案。夢境，就是其中一個。

現在我還會遇到那個夢。南國的清晨，因為朦朧而神往。我們似乎存在，但是記憶中一片空白。每一次當我醒來，晨曦勾勒出這個世界的輪廓，我都會不由自主地微笑起來。不然，你要怎樣呢？

關於樹的斷想

因為在臥室裡放了一盆樹栽，得以有機會每天切身與植物相處。這其實是很難得的體驗，因為畢竟我們即使喜歡在綠色的世界遊蕩，但是往往結束心靈之旅後，還是要回到人工的世界裡面對四壁。而這一次，我可以幾乎每分每秒地與這棵小樹相處，在這小小的居室內同呼吸，那種感覺，彷彿身邊多了一個沉默的生命體。

其實，我們都忘記了，樹，本身確實就是一個生命體。只是它太沉默，沉默到我們會忽略它的存在。那天晚上，我才猛然意識到這樣的存在。

我養殖的這棵小樹，大概是到了換季的時節，最近開始出現樹葉脫落的現象。我白天出門，往往回來之後就會在地上看到幾片落葉。那天深夜，我已經躺在床上準備入睡，半夢半醒之間，突然在安靜的室內聽到一聲清脆的聲響，似乎有什麼東西輕微地，細小地斷裂開來。聲音雖然不大，但是因為周圍一片黑暗和靜謐，因而顯得格外突兀，使得我從淺眠狀態瞬間清醒過來。

打開檯燈，環視四周，似乎並沒有什麼可能發出聲響的跡象。目光遊走之下，我才發現，是一枝帶來兩三片葉子的樹枝，從小樹上折斷，躺在了地板上。翻身起床，撿起樹枝，放到桌子上，我卻似乎感受到了一些什麼。

原來，小樹也是有生命的。當我逐漸進入半睡狀態的時候，當萬物都在黑暗中沉靜的時候，這株小樹卻在進行著它的生命的新陳代謝。我的房間裡沒有風，因此那一節枯枝不是因為外力而折斷的。我是多麼地好奇那個折斷的過程啊，一定是有那麼一瞬間，在枯枝與樹幹之間發生了一些我不懂的物理或者化學反應，使得兩者最後的那一點點關聯的節點，最終無可挽回地剝裂開來，從而完成了這樣一個新陳代謝的過程。這是多麼奇妙啊，我是指樹枝自行剝離母體的這個過程。因為有這樣的過程，我們能否認植物也有它自己的生命嗎？當我們這些生命在呼吸，翻身，入睡的過程中，另一個生命也在輾轉，吐納，成長，我們只是形狀不同而已。當我們用人形的面目完成生命的歷程的時候，這些生命也同樣積極地面對世界，只不過是以樹木的形狀，用綠色的面孔而已。

農曆新年到元宵節燈會之間，台北市的中山北路上，沿著行道樹拉起來長長的燈籠。有一次我乘坐計程車，在兩旁的燈海中穿過，耳邊聽到司機先生在那裡憤憤不平：「就不會先在樹的周圍架起來一圈竹籬笆，然後再繞電線上去嗎？就非得直接把電線和燈泡那樣直接地纏在樹幹上啊？燈泡是有溫度的，那不會影響到樹木的生長嗎？樹也是有生命的啊！」

我保持微笑和沉默，但是為這最後一句倏忽打了一個激靈。我想起了我臥室中那棵小樹，想起來暗夜中自行脫落的小樹的肢體，想起那自行完成的生命過程，那黑夜中清脆的聲響。

真的，樹也是有生命的。

彷彿如同一場夢

最令人恍然的，應當就是一切都曾經發生，然後又全部消逝，所有的過往儘管歷歷在目，印記鮮明，但是卻又在觸手可及的距離中無法撫摸，而一切，都彷彿如同一場夢這樣的情境吧？

面對這樣的情境，我們才發現自己的弱小。我們本來以為，在歷經了無數的左右搖擺，上下求索的過程之後，自己的內心已經足夠堅強，任由天下事紛紛擾擾，已經難以撼動心底的磐石了。然後，當真正的夢境搬演到現實的場域中，我們才忽然發覺什麼是束手無策的狀況下，那種的恍然。我們試圖伸手向周圍，找尋一點可以支撐的稜角，卻頹然縮手，發現沒有人可以代替你面對。我們也曾經努力麻痺自己，在積木一般的忙碌中機械地重新搭建自己的世界。

然而在總會有的停頓的片刻，還是會前功盡棄：所有的恍然新鮮如故，面目清晰的記憶瞬間重現。這就像抽離積木最下面的一根，緩慢的建設在一秒鐘之間就分崩離析。我們只好再次面對多麼多麼想逃避的東西，瞠目結舌，無話可說。

這樣的恍然和無奈，肇始於鏡面一般的世界的破碎。我們對於伸手可得的成果，充滿了後來證明是虛幻的信念。我們以為可以牢牢抓住的那些，其實很容易就失去。人生就是這樣可笑：我們得到，失去；然後再去追求，再次得到，再次失去。這樣的循環往復，按理說應當已經讓我們對美好設下防守的底線了，然而，我們終究還不是命運的對手，於是在又一次的得到中放棄了陣地，全心全意地擁抱當下的所有，真心地相信一場人生的戰局終究有鳴金收兵的一天。於是，當我們再次失去的時候，就幾乎不敢相信這是真實的再現，我們只能屏住呼吸，看那些我們如此珍愛的東西列車一般在長長的鐵軌上遠去，留下我們呆立在站台上，一切都彷彿如同一場夢。

問題的關鍵，就在於「彷彿」二字。假如，這真的是一場夢，那該多麼美好啊。我們在大汗淋漓中醒來，所有的驚慌恐懼，所有的不知所措，所有的絕望和死一般的呆滯，都隨著醒來而成為可以埋葬的廢墟。那畢竟不是真實的東西，這讓我們心下釋然，甚至因此而更多地感受到夢想之後的安全與溫暖。然而，你要如何面對，當這一切儘管彷彿如同一場夢，但是又不是夢境，而是真實的劇情，這樣的可怕事實呢？它讓你難過到連落淚的功能都失去的程度，它讓你無奈到腦海中只剩下一片空白的地步，這樣的東西潛滋暗長，生根發芽。我們隱隱不安，卻無法抗拒地逐漸看到它的輪廓，那開宗明義的兩個字，寫的就是這種恍然的基礎：恐懼。

當我們曾經擁有過的一切，卻最後彷彿如同一場夢，這樣的結局，我們要如何承擔呢？當恍然終究也不能持續的時候，我們用什麼來維繫那一種不願意鬆手的堅持呢？

我的理想城市

假如週日的傍晚，我開車從郊外回來，車子行駛在高架橋上，迎面是暮色中逐漸逼近的龐大樓群。夕陽的餘光被風拖曳一般流失，彷彿巨大的陰影在這座城市上空掃過，這個蠕動著成千上萬輛汽車和成千上萬的人群的鋼筋水泥的森林，從橋上望去竟然一片靜穆的樣貌。假如，遠處的群山如同巨大的屏風，連同蒼茫的青天，共同框架出這座城市的背景，這，就是我的理想城市。

我的理想城市，不要像紐約那麼怪獸一般巨大無比，也不要像蘇州一樣小巧玲瓏到可以把玩。它應當是一個頗具規模的中等城市，生活在其中不會因為龐大而迷失，但是也永遠能找到可以挖掘開拓，深深品味的新的領地。這樣的城市，最好不要像華盛頓那樣一本正經，道貌岸然，但是也不要像愛丁堡那樣完全浸泡在藝術與文化中，它最好親切隨和，是一個可以生活的地方，繁華中也有破舊，喧鬧夾雜著幽靜。

我的理想城市，一定要有記憶。我完全不能接受那種全面翻新的城市，到處是工地和油漆的味道，這樣的城市面目可憎。有記憶的城市是這樣的：它首先有建築，保存不一定完好，但是時間的痕跡依然；它們也許不再風華，但是餘韻悠長。其次是要有街道，那種以社區為基本單位的街道，人可以與人相處，而不是獨自面對城市，而記憶，也是經由人而流傳。最後是要有樹木，不是參天的那種，而是斜倚在屋角或者路邊，但是在城市中隨處可見，在炎熱的夏天，這些樹就是城市的生命線。

我的理想城市，還一定要有一條河，最好是穿城而過，類似阿姆斯特丹或者布達佩斯或者波士頓。要有風格各異的橋梁架在河流上，把城市連接在一起。河流的一邊是蔓延開的綠地，另一邊是林立的樓群。這樣市民可以在夜色中的草地上散步，看對岸的萬家燈火。一條河流對於城市的重要性還在於讓鍛鍊的人們有一個可以跑步的場所，以及在最悶熱的季節裡，有享受河上的風的便利。

我的理想城市，應當是一個讓人悲傷的城市。假如一個城市，人們一天到晚就是飲酒作樂，到處是車水馬龍，這樣的城市只會使人越來越物化為人群中的一個，城市會成為一個黑洞，慢慢稀釋掉自己的濃度。而一個能讓人悲傷的城市，是那種在人群和鬧市中還可以安靜的地方，在鄰里和大群朋友之外，也可以享受孤獨的地方。我相信每一個城市都有自己的調性，住民日久之後是可以被這種調性感染的。也許只是下班後坐在公交車上，窗外的霓虹燈打出的光影一片一片劃過臉龐，只要能讓我突然恍然，這，就是我的理想城市。

從中國到美國，從英國到台灣，我住過不同的城市，我的理想城市，也許就是這些曾經的城市，共同拼出的七彩積木吧。

我的瑪德蓮小點心

普魯斯特的《追憶似水年華》，洋洋三百萬字，浩如煙海一般的回憶，據說都是從他品嘗一種瑪德蓮小點心開始的。我想我可以體會那種感覺，很多微小的事物，就猶如一道開關，往往是不經意間觸動，於是一發不可收拾。於是我們才發現，原來有那麼多的回憶，早就被我們丟失在煙塵中了，要不是那一種瑪德蓮小點心，它們似乎不曾存在過，哪怕曾經是如此的美好。

上個週末，我被班上的學生陳為廷邀請去他的故鄉苗栗的建臺中學，一個讀書會的活動。演講的題目簡直嚇死人，叫做「青年必須革命」。不過在場者可以作證，我講的可是讓學生們還是要好好讀書，成績一定要好——這樣才能去革命。

這個不是重點。重點是，那是一個極為普通的下午，多雲，輕風，坐在教室中，是典型的校園時光的樣子。面對面前的幾十位青年學子，我彷彿成了一個雙面人：一面是侃侃而談的老師，講一些關於社會參與與理想主義的話題；而另一面，則是一個陷入間歇性惆悵的時光回憶留戀者，試圖揣摩，把握，捕捉，感受一些生命中曾經有過的深淺不一的痕跡。這一切，都是因為在某個瞬間，我恍惚回到了自己的中學年代，一樣的教室，一樣的校園，一樣的年輕面孔。這個瞬間，就如同那道瑪德蓮小點心，把我已經遺忘了很久的感覺又拉了回來，讓我呈現某種程度的癡呆狀態。

一個人過了四十歲，生命中就會有太多的糾結不清的回憶。這種豐富有時也會使生命的厚度減小，因為有些回憶就會散佈在不清晰的地方，像暗夜開放的曇花，不是特別的機緣，就很難去體會了。而所謂的「瑪德蓮小點心」，就是這樣的機緣。

那天我坐在教室裡，忽然就似乎回到了我的高中。略顯陳舊的門窗，整齊擺放的桌椅，窗外樓下人來人往的操場，若有若無的喧嘩，還有那些鬼頭鬼腦的同學，在一個並不成熟的年齡中做出的那些更不成熟卻自以為成熟的事情。這一切，此刻竟然如此清晰，那種感受切膚一般地真實，想不恍然也難。能有這樣的感受，會帶給我的幸福，恐怕是別人不能體會的，因為這一切，本早就杳然沒有蹤跡，在紛繁而雜沓的生活中，我們已經失去了曾經的過去，大家一心向前。而一旦能有這樣的機緣，從時間的履帶上倒退回去，就會知道原來我們都是把自己的空間越弄越小，感覺的世界越來越單薄。

為什麼我們總是懷舊？因為懷舊也是一種力量。在踟躕前行的路上，我們被各種各樣的遭遇搞到七葷八素，複雜的世界讓我們抱怨連連，而回憶，可以給我們一個喘息的機會，讓我們想起來，曾經在我們的生命裡，還是有過那麼多的美好。而且，當初我們為之糾結的，今天回憶起來卻是如此美好。那麼，今天的一切，也當類同理解吧？這，難道不是一種繼續前行的力量嗎？

走失與迷惑

一、我們有時候會遇到這樣的狀況：在一條路上已經走了很久，那已經是一種很熟悉的場域了。我們行走其間，如涉水面，是那樣平順光滑，生活的軌道似乎已經展延鋪開，我們耳目能及的，都在我們掌握之中。

二、然後我們忽然離開，從既有的環境中逸出。那是一種本來就在冥冥中註定的離開，我們曾經追尋然後放棄，我們曾經絕望然後大喜過望。於是當然選擇離開。這就像在一場舞蹈的中場，作為舞者的我們，被風托起，隨風而去。

三、假如生活就是這樣，假如就此我們終於離去，那也許算是功德圓滿，是我們在歲月逡巡的臉上塗抹上的豐滿。我們會以一顆圓融的心面對世界，恍若曾經有過的那些嶙峋歲月已經沉沒。我們既然邁步向前，就應當逐漸遺忘。

四、然而當生活並不是這樣的時候呢？當生活並不是這樣，我們會發現，所謂的離開，其實只是一種走失。我們曾經劃過的半圓，最後的指向卻原來是出發的起點。我們走了繁花似錦一般的一段路，竟然帶我們回到原點。我們又能如何？

五、當我們為了一段曾經如此投入的歌曲，如今卻恍如隔世而居然無比感動之後，卻在一個狂風橫走的深夜再次面對同樣的旋律。那樣的無奈，帶給我們的感受，也只有迷惑可以形容吧？我們當然，當然依稀可以理解，但是無論如何，無論如何卻難以面對。

六、這種走失之所以令人困惑，是因為我們不知道要如何重新開始。這就像一個已經告別了一切的搬遷者，在跟所有過去的一切切割清楚了之後，在航船已經啟程了之後，卻被迫下船，然後重新開始原來的生活一樣。

七、是的，所有這樣的境況只能讓人困惑。我們站在曾經出入無數次的門前無法進入，因為我們不知道要怎樣才能說服自己，接受一個荒誕的現實：曾經回眸懷念的一切，現在再次成為必須面對的當下。如果旋律已老，要怎樣才可以演奏？

八、也許一切其實都是一種走失吧？我們木來就是應當在原來的庭院裡栽種的，就像我們本來就應當在一樣的環境裡成長。也許我們應當相信幻覺。就把一切當作是曾經走失過，現在我們回來了，帶著滿眼的淚。

九、還有迷惑。

十、是要怎樣，一個人才能在走失之後回歸呢？當你曾經離開，你曾經知道那條離開的路的每一條紋路的時候，你要怎樣拉回視線，讓那些綠意逐漸枯黃，讓目光逐漸漫渙，讓啟動的幻想回到冰點，讓一切都重新塵封呢？

十一、如果沒有走失，就沒有迷惑吧？現在我們回來，當年迷失的時候的那種義無反顧，已經成為院內那些古老樹木繼續成長的養分。我們似乎是時間的祭奠，垂吊在風中擺動。而我們劃過的弧線，在心中閃閃爍爍。

無法述說

人是會在某一段時間，突然失去述說的能力的吧？就是那種狀態：突然間，很多的事情無法描述，很多的心情無法表達，很多的感受無法記錄，然後，很多的時間因此就成了一生中的空白——貌似一堆一堆地被浪費掉了。日記本上的日期序列，就這樣莫名地少了一個月，讓人看著，內心一片瀑布般的寒冷。

就好像下午睡覺常常會遇到的夢魘，我們眼睜睜地看著畫面，內心明鏡一般清醒，但是身體卻已經無法指揮，只好任那些我們面對的事情在眼前發生。我們恐懼，我們焦慮，我們急於擺脫，然而，我們無可奈何。當整整一段時間的生命在述說缺席的情況下無可挽回地流逝而去的時候，我們的心情就像夢魘，整個一無可奈何。

是什麼讓我們無法述說呢？

有時是因為我們面對的東西過於龐大，超出了語言可以承載的界限。那些龐大的東西往往是負面的：比如，珍惜的東西不僅失去，而且又一次失去；不僅又一次失去，而且又一次不出意料地失去。比如，我們辛辛苦苦地算計，自以為小聰明得不得了，然後就突然傻眼，發現了一個現實：在血流成河的戰場上，我們原來只不過是一個剛剛入伍的小兵。總之就是那些很讓人無法面對的事實發生了，居然就發生了，然後，我們就安靜了，我們就只好不知道說什麼好了。

有時也是因為有些方式比述說更帥，更能呈現真實。比如音樂：一遍遍聽 Leonard Cohen，或者特本土地聽〈野百合也有春天〉的時候，你會覺得還需要述說嗎？不會！我們就是在黑暗中靜靜聆聽，聽自己內心的回應，那種心跳的聲音，以及窗外的呼嘯，然後那些殘缺的部分就慢慢地填充了，我們在絕望中看到晨曦，彷彿被修長的手指輕輕拂過眉宇，我們長舒一口氣，跟自己說

——早安。這種時候，你說能述說什麼呢？那些落入語言的陷阱的東西，只能讓我們噁心，讓我們把好端端的情緒吐一地，超噁心的。

還有，就是可能是因為懶。明明是那麼色彩猙獰的故事，或者是難得的丟盔卸甲的一敗塗地，這樣的經驗本來是多麼值得記錄啊?!可是我們就是癱在沙發上，或者在房間裡面騾子一般地暴走，我們在黑夜與白天間變來變去，但是就是不能安靜下來寫一點什麼。電腦就打開在那裡，我們本來應當衝過去，一把鼻涕一把淚地寫下我們最真實的自我，其實也不是為了發表，而是為了跟自己留一個教訓。可是我們就是遠遠地窺視著電腦，不想走過去拿起滑鼠。本質上就是一個「懶」字，啥也別說了。

很多的原因在，所以我們無法述說。我們沉默，因為沉默更有力量。沒有了這樣的力量，這世界就什麼都不是。所以，讓我們面對這樣的事實吧：總是有那麼一些體驗，真的就是無法述說，我們只有沉默。我們只有在我們的心中，生一把自己的小火，溫暖一下自己的心。

癒合的疼痛

多年以前，有一次我切水果不小心切到手指。那次的情形相當嚴重，小半截手指幾乎切斷。話說美國的醫療水準也真是高明，第二天就進行了縫合手術，以後用一根鋼針輔助癒合。大約兩個月之後取出鋼針，我的手指完好如初。現在不是特別想起，我已經忘記了有一根手指曾經幾乎斷過。

可是，這個不是我要說的。我要說的是，有一件事令我印象深刻，現在想想還覺得不可思議：我剛切斷手指的當下，其實完全沒有感覺到痛。我不僅頭腦清醒，知道麻煩大了；而且還能打電話給我朋友，害她瘋了一般飆車衝過來，把我送去醫院急救。整個過程，我用毛巾包住手指，心裡非常緊張。然而……還是不痛！

可是，手術之後那長達兩個月的癒合過程，就不是一般的痛了。所謂「十指連心」，那種鈍痛難以形容，讓我坐立不安。那時我剛到美國不久，剛剛進入哈佛，功課的壓力，生活的調整，加上手指的疼痛，你可以想像，那完全就叫做「焦頭爛額」。現在當然都是回憶了，可是我至今想起來還是覺得很驚異，原來對於傷口來說，真正的疼痛不是在傷口切開的當下，而是在癒合的過程中。

然後我就想，生活大抵就是如此吧。

很多疼痛，其實不是打擊的當下感受到的。因為有一種東西，叫做震驚。那就像電擊一樣，因為電流太強烈，反倒讓我們麻木。然後因為麻木而不知道疼痛。疼痛畢竟是一種感受性的東西，要你用心去體會，才能體會到。而當我們面臨無法預料的變故的時候，如麻的心又如何能去正常運作，去感知那些你一定會在內心強烈抵觸的情緒呢？於是我們面對現實，頭腦空白，那些本來應當洪水般宣洩出來的痛，卻靜靜在水面下流淌。你知道早晚會有決堤的一天，但是此時此刻，世界呈現詭異的平靜。不，也許其實那不是平靜，而是瓶頸——你就卡在那裡，不知道要怎樣走下去。

然後，你開始走下去，因為不然又能如何呢？你只有走下去。於是，才一點一滴地感受到痛。就像傷口的癒合反倒帶來傷口撕裂的時候沒有體驗的痛一樣，那種緩緩拉開的過程讓你補課一般面對整個事情的後果。震驚過去之後，理性歸位，你開始知道這已經是現實，還有什麼比這個更殘酷的呢？已經沒有震驚可以作為一種麻醉了，我們最終要很清醒地知道真相。而且，傷口拉開的瞬間，疼痛是一時性的，那個比較容易忽略；可是在癒合的過程中，疼痛開始無時不在，開始碎片化漂浮在生活的四周。也許是一句話，也許是一首歌，也許只是某個熟悉的畫面在腦海中飄過，疼痛就會立即出現。甚至是在某一個集體狂歡的時刻，你也會突然感受到那種疼痛。這時你就會再次瞭解：

真正的疼痛不是在傷口切開的當下，而是在癒合的過程中。

終於可以面對

下午開車出門的路上，車裡的ＣＤ播放出來的是Dido的歌聲。聽得我忽然內心悸動。

看過我文章的讀者都知道，英國的Dido是我長期追隨的歌手。她的每一張專輯都曾經在我生命歷程中扮演過一個重要角色。那些歌聲和歌曲好像一座座地標，鮮明區隔出不同故事的時空背景。可是如果要評選出Dido對我最具有「精神按摩」作用的時期，應當就是二〇〇八年冬天了。那時Dido正好出新專輯，其中那首〈Grafton Street〉是我在異國的寒冷中真正的精神伴侶。

那時我面對即將到來的四十歲生日，又是剛剛畢業，無論是工作還是感情，都到了一個十字路口。看著前方隱約但是無從捉摸的風景，內心有一種說不出的糾結。那時對於四十歲這個人生關口有莫名的抵觸，儘管還是專程飛回紐約去辦了一個生日Party，但是在心中的敏感部位，其實對於四十歲這件事是很無法接受，很左閃右躲的。

那時一個人在倫敦的深夜裡，〈Grafton Street〉的旋律一遍遍拂過內心領地，幾乎成了一道抵禦外界的柵欄，一根根的木條，分別寫著：悃然，徬徨，無奈，緊張，甚至是一絲絲的絕望。Dido這首歌是為悼念亡父所寫，所以會有這樣的歌詞：「不再跋涉往格拉弗頓街，不再去那兒。那段日子我們來來去去，看望仍然躺著的你。不再觀日落，一如夏天在叫停，不再靜靜站立在你的窗沿……」對我來說，這完全像是在隱喻我不願意失去的很多東西，但是還是終究會失去。Dido的悲傷我能夠瞭解，同樣的，因為這樣的瞭解，內心也多少有一些安慰。所以，以後不管什麼時候，再聽到這首歌，心情也就很順理成章地進入那種境地：寒冷的世界裡，音符燃燒出的溫暖。

還是說回到此時此刻的下午。讓我怦然心動的是，我忽然發現，同樣的那首〈Grafton Street〉，現在聽起來竟然恍如隔世，心境已經完全不同。曾經因為這首歌，那樣地無法面對四十歲這件事。但是現在，想到已經四十一歲，心底卻是一片澄澈，覺得年過四十的現實，是可以如此地欣然面對。仔細梳理自己的感受，明白是因為生命中發生的至關重要的轉折。因為一扇門的開啟，世界因而完全不同。比如這首〈Grafton Street〉，它雖然還是可以帶給我一些悲傷，但那已經滋味甜美。在優雅的節奏中我可以細數過去，因為未來就在眼前。那些不願面對遠方的焦慮一旦冰釋，過去就會顯得金碧輝煌，而不是黯然蕭瑟。有時候我想，其實我們都是根據當下的狀態去感受過去的，我們心中的記憶，是建立在正在進行中的過程的基礎上的。

不管怎麼樣，我覺得自己已經度過了面對四十歲的精神危機。幻境一般的現實下，曾經以為無法面對的稜角，展示出了溫潤的光澤。我知道原因何在，但是我不想說，因為其實我已經說過了。

然後我就覺得，以後，再聽到Dido的歌，會是怎樣的心情呢？說實話我真的不知道。

有一條路走過很多遍了

有一條路我走過很多遍了：從學校回家的時候每天路過。下班高峰的期間，身邊是車水馬龍，很多嘈雜的聲音混合在一起，你其實也聽不到什麼具體的內容，但是合音的部分凸顯出來的主題就叫做：生活。

在那樣的嘈雜中我每天放學回家，每天看到的街景都不一樣。有時候天是灰藍色的，朦朦朧朧之下，像是從夢境中走出來的畫面；也有的時候又特別清晰，你可以看見自己的影子拖在背後，拉成一條弧線。我其實並不會經常注意到行人的部分，但是他們還是每每闖入視野：那些匆忙走過頭也不抬的，那些東張西望無所事事的，那些一身勁裝的和那些衣衫襤褸的。還有一些是牽了小孩或狗，他們就特別會吸引到我。我從他們身邊走過的時候想，其實他們也在眼角裡觀察我吧？

通常我是黃昏的時候走，因為那是回家的時間。有一段時間我心情沮喪，走在路上會下意識地突然停步。我覺得從光亮到陰暗的過程是最能集中我們的思緒的，那樣一個光影逐漸縮短的時間段裡，我如果低頭看腳下的路，會覺得很絕望，不知道還要走多久。然後會漸漸地有月光出來，彷彿一根指揮棒，腳步因而有了節奏，沮喪的心情也緩緩逆轉。這時就會覺得，走在這條路上，背負了很多感慨，然後想，真的不知道為什麼。

這條路穿越了很多領土：首先是醫院，大片的綠地圍繞的病房——這就已經很諷刺了，希望包圍了絕望；然後是附屬的醫療器材商店，一大堆冰冷的器械堆在櫥窗中，提醒我剛剛經過的領土的性質。接下來是住宅樓，像一片低矮的灌木，像面無表情的木偶大軍，像延伸出去的沒有意義的概念群，像散發出不同氣息的車間。走過住宅樓，是一家泰國餐館，一家洗衣店，一家健身房，一家韓國人開的超市……有時候我會出國很長一段時間，回來以後再次走過，那樣的親切簡直難以言表。彷彿你可以離開很久很久，但是有一些東西，儘管陳舊破爛，但是依然存在。僅僅是依然存在這件事，就會讓人無比感動。也許我們都需要一些安全感吧，當你無法索取的時候，只能自我定義。那些熟悉的，就是這樣的定義的基礎。我們都是習慣性地會在陌生的世界裡複製過去，這條路在某種意義上說，就是我的一種有關安全的記憶的複製。

有一條路走過很多遍了，所以已經是某種形式的儀式了。某天我衣錦夜行，黯淡的星光下熟悉的樓群姿態各異，擦身而過的路人紛紛走避，只因為我飛快的步履帶起的旋風。匆匆而過依然使我心靈平靜，只因為這是每天必做的功課。很多的重複，其意義是一種儀式，借助於這種類似僵化的動作，我們對抗的是變化帶來的陌生。有時候我們僅僅是路過，但是一再路過，也成了一種歸宿。

只有記憶還在

終於到了這一天，都更的腳步也來到我北京的家門前。下一週，我家人就要搬離舊家——那個我出生，長大的地方。我的小學，中學生活的核心，我北大生活的後勤基地，我被跟蹤監視期間的孤島。

雖然知道這是無可避免的事情，但是安靜下來想想，還是有一點失落。原來還曾經有的一點維繫，那偶爾會夢到的熟悉的街道，現在已經面目全非，接下來會不復存在。感覺北京，真的從此成了陌生的城市。如果有一天回到北京，我應當找不到任何熟悉的街道和房屋了，那個為了奧運會和經濟發展折騰得天翻地覆的城市，我不確定我是否還會感到親切。

父母和姐姐幫我照了很多照片，每一個房間，每一扇窗口，盡量給我留下一些記憶的痕跡。但是我知道，老屋子才是最好的時間儲藏室，沒有了它，很多記憶，就只能在心裡了。

雖然那個我長大的家，從此就成為浮動的記憶了。但是我相信，這個記憶會一直在我心裡，而且更加印象深刻。有些鄉愁是不需要一個具體地方的，它隨著時間移動。

這也許只是我一個人，一個家與記憶的關係，但是它使得我想起一個國家，一個民族與記憶的關係，其實何嘗不是如此呢？當我打開報紙，看到為了保護華光社區，居民與學生用鐵鍊子把自己拴在柱子上，而官方動用強勢警力，在一片喧囂中強行拆除了這片社區的時候，我彷彿看到一棵老樹，被逐漸跑去了一些蔓延在地底的根鬚。

華光社區所在的地方，是日據時期台北監獄的原址，那塊土地上，曾經關押過不少反抗日本統治的台灣人，包括後來被槍斃的羅福星。日據時期是台灣近代史上一片不可抹去的記憶，而這些記憶，是需要一些實體來維持存在的。

華光社區的存在，就是這樣的實體，見證著台灣百年來發展的血淚與艱辛。這是一個寶貴的記憶，代表著台灣的今天，是從歷史上延伸而來的。共用的集體記憶，本身就是民族認同和建設民族國家的基礎，而歧義甚多的集體記憶也是衝突的來源。記憶，確實是很重要的生存密碼。

我常常想，對於國家，一個民族和一個城市來說，經濟發展，城市改造，當然是重要的，但是那是唯一重要的嗎？現在一些都市改造，只是為了經濟利益，就不顧記憶對於一個民族的重要意義。這樣的民族，其實是短視的民族。也許會有短期內的繁榮，但是長期來看，沒有記憶的民族註定貧血，不會有健康的生命。

回過頭來說到個人，也是一樣的道理吧。我知道拆遷之後，我家人會住到更好的房子裡，也許更遠一點，但是更新，而老房子，其實已經陳舊不堪。就生活條件的提高來說，這是沒有什麼可責備的。但是總是還有一些什麼，是拆遷之後就沒有了的，這裡就包括記憶，也包括長期積累下來的那種安穩的感覺。

我在想，如果我其實更珍惜這些記憶，然後對國家說：「這不是錢的問題，我就是不想搬走，因為這裡有我的記憶，而記憶是錢換不回來的。所以，抱歉，我不想搬。」那麼，國家會怎樣對待我呢？其實，不同的對待，代表的就是不同的文明層次吧。

那天下雪

那天下雪，天色昏暗。想去找本書來看。也不是要看到什麼，只是似乎不做什麼事情，就會想很多。書架已經很陳舊了，是那種讓人沉溺往事的顏色，一本本翻開，卻似乎沒有一本能看得進去。我知道，有一座心中的城市，淪陷了。那是多麼無可奈何的事啊，通常我們都是在這樣的事情中長大的。

如果無法抵抗，有時候，我們寧願選擇棄守吧。記得離開的時候，我把兩捆信件埋在牆角的樹下，覆蓋上落葉。一片金黃中忽然閃閃爍爍地有什麼掠過，凝神看，竟然是落寞的眼神飛起來，在雪中飄。止不住心跳，我只能深呼吸，慢慢吐出一口氣，坐下來，整理地面的紋路。耳邊響起那首〈流浪歌手的情人〉的旋律，「那曾經愛過你的人，那就是我。」是啊那就是我，一篇篇看過你的文字的人，一篇篇寫下給你的文字的人。雪散散淡淡地繼續下，不緊不慢，那力量，卻不足以讓我停止思考。到離開城市之前，我想我都不會相信，就這樣我們竟然成了朋友，而這一切，都是真的。

那天下雪，寒意一寸一寸地進逼，沒有風的寂靜打開房間，照我如一盞檯燈在光影下奮力書寫。這是我們唯一能做的事嗎？記憶，書寫，靜默，在雪夜中慢慢地飲酒，在大白的底色中微笑。我笑是因為我竟然以為自己是畫家，然後才知道，其實斑駁的不是畫筆，而是畫面。那每一筆刮痕的故事，我怎麼不知道呢？這不是我在畫，是我禦寒的方法，很年輕的時候就會的東西，至今還在使用。

這一生應當只有一次的顛沛流離，我無法預測會停留在哪裡。既然城市已經淪陷了，最簡單的決定就是離開不是嗎？雖然很想讓時間做出裁決，哪怕是付出停止前進的代價。但是你好像說過，這恐怕有點太早。這是一個雪花覆蓋的廣場，不是我們曾經討論過的植物園，那種滿向日葵的家園。這樣的家園，讓我想起來了我要找的那本書就是一幅地圖，在標誌著花園的地方，我們身體靠著身體，汗水融入汗水。如果是半夜裡登上離開城市的船，誰還會記得帶上燈呢？既然都要走了，我寧願什麼也看不到。畢竟，只有黑暗才最安全。

那天下雪，我要離開了，我去一個古戰場。我要拜謁一支排列不齊的隊伍，星座一般凌亂，但每一個士兵都目光迷離，這是一場註定無法勝利的戰爭吧你告訴我，你不說又憑什麼抱怨我手中什麼都沒有就衝進來呢？雖然所有的亡者都會留下名字，可是沒有地址要怎麼讓他們的家人知道，你忘記我們把信件已經掩埋了嗎？於是我想像有雪的時候，我們飛行在一座城市與另一座城市之間，看它們一一地擺出流水年華的雍容，像自拍的少年，努力地留住最好的容顏。又好像是被星星擋住了航海的路，船隻只能停留在中途。也許你真的是一個詩人吧？請你不要停筆，再寫一首，讓我們可以回到那一年的熱帶雨林。請你按下鍵盤，播放一首老歌給我聽吧，不然我是要如何僅僅是看著雪落下而什麼都不想起呢？

那天下雪，城市陷落。旗幟緩緩降下，歌手孤獨地站上舞台。你似乎在觀眾席中，或隱或現，似有似無。我返回房間，去書架上找一本書。我好像隱約記起了那本書的位置，但是忘記了書的名字。那一定是我們曾經一起讀過的書吧，那時候城市還在我們的固守中，號角聲中陽光燦爛，你是那樣安靜地看著我，彷彿一切都不會發生。

然後，一切都發生了。

那些寂寞的人

這個世界上，大多數人說他們「寂寞」，其實都是無病呻吟，或者附庸風雅。他們不知道真正的寂寞是什麼，所以才說自己寂寞。可是這個世界上，也還是有一些真的在心中擁有寂寞的人，這些人，正如曾經有人說過的那樣：他們寂寞，「不是因為心裡空空落落，而是因為心裡有了什麼。」

俄羅斯最偉大的女詩人茨維塔耶娃寫過一首詩：〈我想和你一起生活〉。其中有這樣的句子：「我想和你一起生活／在某個小鎮／共用無盡的黃昏／和綿綿不絕的鐘聲／在這個小鎮的旅店裡／古老時鐘敲出的／微弱的響聲／像時間輕輕滴落……窗口有大朵鬱金香／此刻你不愛我，我也不會在意。」前面那麼多的溫馨畫面的鋪墊之後，最後的一句突兀而下，不僅痛徹心扉，而且寫出了刻骨銘心的寂寞：良辰美景，孤身一人。如果不是心中有了「什麼（愛）」，是不會這樣的寂寞的。所有那些美好的鋪墊，都是一種襯托，在這樣的背景下，寂寞顯得如此美麗。然而，這樣的寂寞是黑色的，這樣寂寞的人，他們披著黑色的風衣，在時代的街道上低頭走過，給我們留下一些一直不能忘記的背影。

寂寞也可以是看起來很幸福的，也可以是刻意營造的一種內心的享受。雖然我懷疑這種感受的有效期是否可以延長很久，但是寂寞，對於某些寂寞的人來說，真的可以帶來幸福。詩人里爾克就是這樣的一個追尋寂寞的人。在他的《布里格手記》中，他曾經描述過這種幸福的寂寞：「是怎樣一個幸福的命運，在一所祖傳房子的寂靜的小屋裡，置身於固定安靜的物件中間，外面能聽見嫩綠的園中有清早的山雀的試唱，遠方有村鐘鳴響。坐在那裡，注視一道溫暖的午後的陽光，想到往日少女的許多往事，做一個詩人。我想，我也會成為這樣一個詩人。若是我能在某一個地方駐足下，在世界的某一個地方，在許多無人過問的，關閉的別墅中的一所。我也許只用一間屋（在房頂下明亮的那間）。我在那裡生活，帶著我的舊物，家人的肖像和書籍。我還有一把靠椅，花，狗，以及一根走石路用的堅實的手杖。此外不要別的。一冊淺黃象牙色皮裝，鑲有花型圖案的書是必不可少的。我該在那裡書寫。我會寫出許多，因為我有許多思想和許多回憶。」在這裡，我們看到其很多元素是跟寂寞聯繫在一起的：小屋，家人的肖像，書籍，遠方的鐘聲，等等。但是這也正是作者內心追尋的東西。對於某些寂寞的人來說，孤獨是一種自虐，他們追求的，是這樣的自虐帶來的快樂，有點像窒息性的性愛。

還有一些寂寞的人，他們選擇寂寞，是為了更多的他人和社會。美國加州大學爾灣分校的心理學與社會行為研究小組針對九十名志願者進行的實驗表明，與花六十秒時間環視都市水泥叢林的人相比，那些用同等時間凝神注視一叢六十米高的塔斯馬尼亞桉樹的研究對象，此後會變得更替他人著想，更樂於助人。發表於《性格與社會心理學雜誌》上的論文指出，對大自然的敬畏之心可以修正個人的自大張狂，將注意力從自我需求轉向他人處境，從而做出更有道德感的選擇。那些寂寞的人正是如此，他們凝視沒有人的處所，讓自己單獨面對自然，這樣的寂寞，因此而成為一種思考。他們寂寞，不是為了自己，而是為了別人。

這個世界上，有很多寂寞的人，也有很多寂寞的理由。

對夢的期待

或許是真的到了一定的年齡，才會有這樣的現象吧：不知不覺中，你會對夢有了一種期待；你會對於睡眠這件事，居然能從另一個角度來看待，那就是：睡覺不是為了休息，而是為了能夠做夢。人生從此分成兩段。白天和黑夜，忙碌和幻覺，失落和幸福。

我倒也不覺得這是一種悲哀，畢竟，也真的只有建立在一定的人生顛簸的基礎上，夢才會更加精采難忘，夢才會具備原來不曾有過的意義，這，難道不也是人生的一種收穫嗎？我對夢的期待，來自那些雖然依稀模糊但是令人流連忘返的夢，那些你明知道不真實，但是因為太美好而不捨得放棄的夢，還有夢境中那些環境，那些顏色，那些建築，那些情緒（是的夢境中也會有情緒），還有那些似乎熟悉但又記憶不清的面孔，以及那些感覺，那些話。簡言之，所有那些你在現實中知道不可能得到，而在夢境中能夠把握住的。

就像有一次在夢中，看到那麼青翠的樹葉舒展開來，在陰沉的天空下，心猛烈跳動著。因為聽到一句承諾，或者一個心願。或許是開啟白光照耀的列車之旅的行程，你不敢相信真的等到了這一天，那麼美好的事情只在童話中看到過，現在就平鋪直敘地成了一段生命；也或許漫步在不知道地點的草坪上，才想著自己不可能有體力走到對面的池塘邊，結果就輕飄飄地走了起來，沒有熟悉的疲憊，沒有隱隱的擔憂，飄過的雲一樣，也就走到了很想去的遠方。更或許就是某一天的深夜，小小的庭院中，遍地遮滿了月光，迷迷濛濛的水氣蒸騰中，內心無比清澈。一張乾淨得沒有情緒的臉龐，冷冰冰地盈滿淺淺的笑，不由得有一種很鄉野很樸素的滿足，就把一切都招攬了過來。還有一次我夢到，在長廊的盡頭，是一排排的畫像，每一幅是都是同一個人，光陰成了畫框的背景，醞釀了半年的一句話，竟沒有半個字可以書寫出來，就只是淡淡的滿足，長長一道記憶中拉出紫色的線條。

對這樣的夢，我們當然會有期待。尤其是當我們不再計較真實與否的時候，好的夢境就成了明知不可追求而依然充滿的期待。是的我開始變得每一次睡前洗漱都暗自許下一個心願，希望可以得到一個讓我春風中得意的夢。我會開始期待夢境中找到一些曾經失去的東西，或者讓創作出的劇本立刻彩排。當然，更期待看到一些深深埋在海底的屬於我個人的私藏作品。我會期待一個陰霾的天空下，你笑笑地看著我，伸出一隻手，打開，就是一片充滿書香的森林。我會期待看到你款款地走下池塘，意態清寒。你不是背向我離開，而是對著我迎面而來。也許是因為這樣的夢出現過，就成了可以一把抓住的稻草，明知道最終還是要鬆手，可是，能抓住多久就體驗多久吧。這一切，總都是醒來便不會再有的。

其實我知道對夢的期待是軍營中的號角，告訴我們到了要告別某段歲月的時間。想一想也不知道是該高興還是悲傷，不知不覺中終於到了，對夢有所期待的這一天。但是只有真的到了這一天才會知道一切都是最好的安排，即使是夢境也可以如此的美好。我們在生命的每個階段，總有自己的一個期待。少年時我們期待得不到的，青年時我們期待別人對我們的期待，壯年時我們期待自己對自己的期待。到了之後的現在的階段，能夠有所期待，也就只有自己無法把握的心願了，哪怕這，只是對夢的期待。

那些開始陪伴我的夢

我記得年輕的時候，對做夢這件事興趣不大。也說不上為什麼，就是找不到感興趣的理由。但是過了一定的年紀之後，慢慢地，逐漸地，開始對夢有了不一樣的感受。

俄國作家杜斯妥也夫斯基說，人們能從夢中得到等待已久的預卜。這聽起來跟佛洛伊德的理論有點吻合。我不敢說兩個聖哲都是胡說八道，但窮盡了我的理解能力，我也無法說服自己相信夢跟現實有著某種可以解析的關係，我覺得這怎麼聽怎麼像算命的。當然，這可能是因為我的分析能力差，但我更覺得是不同的人，會對夢有不同的感知。有的人會覺得夢境似曾相識，這讓我羨慕，能從夢境中預卜到前途，一定是一件美妙的事情。可惜對我來說，恰恰相反，夢境與現實似乎很少有關聯。

這倒也不是說我經常做一些奇幻的，虛無飄渺的夢。我近年來的夢，其實越來越生活化，問題在於，夢裡的生活，往往與我自己真實的生活八竿子打不著。但那都是一些非常生活化的夢境：我在其中結識新的朋友，住到完全不熟悉的房間裡，也常常有悲歡離合，也有美好到不行的感情，還有一次，經歷了地震。我夢到的大多是不認識的人，但也有少數是現實生活中認識的人，可是即使這些人，我跟他們的關係，相處，糾葛，也都完全與現實沒有關聯。

這是一種奇妙的感覺，你彷彿有了另一個世界的生活。每天晚上睡覺之前你在一個世界，一旦入睡，立刻進入另一個世界。當我從夢境中的世界走出來，竟然會有點留戀，因為有些東西確實非常美好，但卻留在了另一個世界，這也是一種遺憾。已故的中國作家史鐵生大概有類似的體驗，他說他經常夜裡起身，隨手記下剛剛做完的新鮮之夢，我想就是為了不讓這樣的遺憾發生。我沒有這個本事，我夜裡就是醒了，也很快就會再睡著，來不及記錄下那些「新鮮之夢」。但早上醒來，通常，我會依稀有一些印象，奇特的事，這些印象非常模糊，但帶來的感受異常清晰：悲傷，喜悅，幸福，困惑。這些，都如同現實生活留下的印記一樣清晰。

這會讓我對睡覺這件事有了某種期待。期待進入一個新的世界，一個我無法預想到的世界。我會在入睡前很好奇將要進入的這個世界，而事實上，絕大部分的夢並沒有讓我失望，它們的存在，等於讓我同時擁有了兩個世界，兩種生活：一個在白天，一個在黑夜。這跟莊周夢蝶的意境還不一樣。對莊子來說，他搞不清楚哪一個是真實的世界。我搞得清楚。我很清楚夢境就是夢境，即使那是另一個世界。我只能因為那個世界而產生一些令我沉浸的感受，我不可能在那個世界真實生活。但我知道我生命的厚度因此而增加了，我知道事情發生了奇妙的變化，因為我開始對自己所做的夢有了新的認知，我增加了很多機會，可以讓我重新品味一些感受。

這就是最重要的部分：隨著年齡增長，我們很多的感受變得遲鈍了，或者，甚至不可能再擁有了。所以人年輕的時候寫詩不難，一大把年紀了還能寫出好詩就很厲害。如果說人生有什麼讓人特別失落的事情，我覺得就是這個：我們的感受能力慢慢地失去了。幸好還有這些夢境，它們給我提供了一個環境，讓我不再被年齡的增長所框限，而能夠再次去感受。不管是悲還是喜。因為如此，現在我把做夢當作一門功課，希望我每次都認真完成。

我希望這樣的夢境，未來能夠一直陪伴我。

安頓

人活著就一直在行走，一個旅程接著另一個，哪怕是在夢中，也是在行走。而行走的可怕之處，在於它是一種慣性推動的活動，彷彿註定的安排，你不太可能停下來，至少不太可能太早停下來，那也許就是死亡。於是，你會在不知不覺中習慣了這種安排，哪怕這種安排並不是你一直嚮往的東西。你下意識地失去了自由，在茫然中腳步凌亂。當然，這一路你不會一無所得，畢竟，再錯誤的選擇也不會讓你兩手空空的，但擁有本身卻會讓你更加失落，更加莫名地感到慌張，有如一種幽閉恐懼症：首先，你不明白得來的原因；其次，你不知道失去的結果。這樣的時刻，你需要的很簡單，就是想辦法安頓下來。

什麼是一種真正的安頓呢？或許就是靜靜地坐著，看暮光下的城市慢慢隱沒在逐一亮起的燈火中，遠遠的聽見有漸濃漸淡的蟬鳴，也就夠了。你可以想像自己是在山莊的門口，站在青石上俯瞰。也不用刻意去感受什麼，伸直身體，放鬆，再放鬆，那就是一種安頓。你也可以擺放幾本書在面前的桌上，翻開其中一本，非常認真地，一字一字地，閱讀文字。劃出重點後停下，重新在心裡咀嚼一番你的理解和疑問。找不到思緒的出口就放下，再打開另一本書。也不是要知道什麼，更不是為了什麼，用閱讀填滿時間，然後，給時間以生命，而不是給生命以時間，那樣，也是一種安頓。當然還有寫作，尤其是記錄一點一滴的生活，包括夢境。所有那些已經離開以及將要離開你的視線的，都好好地寫下來吧，把那些失落永遠地鐫刻在某個地方，需要的時候就去看看，知道那些還在某個地方，心裡多少踏實一些，這也是安頓。

安頓是一個平靜的動作，但其實也是一種激烈的抵抗，抵抗強加給我們的慣性，抵抗不確定性造成的皺褶。這樣的抵抗，是我們最後的尊嚴。我們走過的路，沿途是一個隨著時間結構更加鬆散的畫框，而安頓要做的，就是勉強去重新拼貼，在無可奈何的現實之中搭建起來一個另有秩序的空間。是的這是一個以空間換時間的策略，是在絕望中依舊不放棄的一種掙扎。但人生的意義不就也是這樣嗎？我們擁有，然後失去，然後用記憶召回，再用各種方式保存，然而最終還是一切歸於虛無。這樣的過程有一個我們無法抗拒的終點，但至少我們沒有放棄。

我想過我想安頓下來，儲存在心中的東西，那是一張並不太長的清單：凜冽的夜風中一個騎單車的少年，在巷子深處藏在角落中的張望，在目瞪口呆中勉力支撐住自己的青春，在瀰漫的呼吸中搜尋可能性的目光，從城堡中走下來的時候背後的淚水，再一次看見的夏天的形狀以及味道，還有永遠不會忘記的對話與沉默，以及那一場令人窒息的雨。城市，車票，清晨，風聲，那些名字，那些地址，那些電影和音樂，那些鎖在心裡的秘密。這些，我希望都可以安頓下來，靜靜地儲存在記憶中，隨時可以搜尋。

安頓，真的是一個人生中的大工程。你要先明白這個工程的重要性，然後畫出圖紙，然後去尋找所有需要的材料。當我們已經到了行走中的一個座標以後，我們要用至少一半的精力去完成這個工程。這是一種精神復健：我們用很長的時間經歷，然後用更長的時間失去，而安頓，就是一個過程，在這過程中，我們不惜一切代價，把經歷的一切，保存下來。

八旗人文 29

人面桃花

王丹散文集

作　　者　王丹
編　　輯　王家軒
校　　對　陳佩伶
封面設計　蕭旭芳

企　　劃　蔡慧華
總 編 輯　富　察
社　　長　郭重興
發行人兼出版總監　曾大福
出版發行　八旗文化／遠足文化事業股份有限公司
地　　址　新北市新店區民權路108-2號9樓
電　　話　02-22181417
傳　　真　02-86671065
客服專線　0800-221029
信　　箱　gusa0601@gmail.com
Facebook　facebook.com/gusapublishing
Blog　gusapublishing.blogspot.com
法律顧問　華洋法律事務所／蘇文生律師

印　　刷　前進彩藝有限公司
定　　價　360元
初版一刷　2021年（民110）06月
ISBN　978-986-0763-01-0

國家圖書館出版品預行編目（CIP）資料

人面桃花：王丹散文集／王丹著. -- 一版. -- 新北市：八旗文化出版：遠足文化事業股份有限公司發行, 民110.06

176面；12.8×19公分. --（八旗人文；29）

ISBN 978-986-0763-01-0（平裝）

855　　110007660